Ulla Michels
Frau M und das Milchkännchen

FRAU M UND DAS MILCHKÄNNCHEN

erlebt und erdacht von

Ulla Michels

und bebildert von

Steffi Atze

2018

© 2018 Ulla Michels
Alle Fotos: Steffi Atze Fotografie – *www.steffi-atze.de*
Lektorat + Layout: Kumpernatz + Bromann – *www.kumpernatz-bromann.de*
Herstellung und Verlag: BoD – Books on Demand, Norderstedt

ISBN: 978-3-7481-1704-9

INHALT

VOR-WORTE

Gleich beginnen meine Geschichten. Aber vorher muss ich noch ein paar Worte sagen, nein, keine Danksagung an Eltern, Tanten, Omas, Freunde oder sonstige Weggefährten. Nur kurz und knapp:

Durch dieses Buch geleitet uns Urmel, der Wunderdackel.

Und das kam so: Zunächst hatte ich überlegt, meine Kinder abzulichten, um meinen Geschichten, in denen sie häufig vorkommen, ein Gesicht (bzw. zwei) zu geben. Meine Freundin Steffi wollte und sollte sie fotografieren.

Begleitet wurde Steffi bei unseren Treffen stets von ihrem Dackel, Herrn Urmel. So kam es, wie es kommen musste, Steffi fotografierte nicht die Kinder, sondern immer den Urmel. Der Entschluss stand schnell fest: Er wird der Fotostar unseres Buches!

So findet sich Urmel nun in diesem Buch wieder – und wir finden ihn auch, nämlich genial. Es hat einen Riesenspaß gemacht, ihn zu fotografieren (das tat Steffi) und ihn mit lecker Geflügelwurst bei Laune zu halten (das war meine Aufgabe).

Urmel ist geduldig und sagt nie ein Wort zu viel.

Aber gucken kann der! Meine Güte! Er kann uns schmelzen oder schockfrosten. Und er kann so unfassbar gelangweilt sein, das ist pure Magie. Um ihn herum schwebt in solchen Momenten eine Wolke der Missbilligung, weil wir so unsäglich öde sind. Ich schäme mich dann immer sehr.

Wie soll ich mich beschreiben? Manchmal ist es schwer, einen Zugang zu sich selbst zu finden, und noch viel schwieriger, anderen Menschen einen zu bieten.

Jedenfalls gelingt mir das nicht immer und umfassend. Vielleicht geht es so: Ich bin immer pünktlich, wenn ich eine Verabredung habe. Oder ich vergesse sie komplett, als wäre sie niemals in meinem Kopf gewesen. Das beschreibt mich und mein Leben am ehesten.

Jung bin ich nicht mehr und auch noch nicht alt. Irgendwie befinde ich mich in einem Zwischenstadium, einer zweiten Pubertät, an deren Ende auch diesmal das liegt, was man selber daraus macht. Und ich möchte noch einiges mit meinem Leben anstellen, ein paar von Wolf Biermanns berühmten eckigen Runden drehen.

Heute ist einer dieser Regentage, an denen man gern zuhause bleibt, um die Dinge zu erledigen, zu denen man sonst nicht kommt.

Deswegen wollte ich aufräumen und bin dabei im Schrank meiner Uroma auf meine alten Tagebücher gestoßen. Sie hieß

Johanette, wurde 1875 im Sauerland geboren und betonte immer, eigentlich sei ihr Name Jeanette, das habe man irgendwann leider ändern müssen. Ihr Leben lang ging sie auf dem *Trottoir* zur *Tram Station* und wenn sie Zug fuhr, führte ihr Weg auf den *Perron*. Fast 100 ist sie geworden und hat meine frühe Kindheit um vieles reicher gemacht mit den Geschichten aus einer fernen Zeit und einer anderen, fremden Welt. Sie konnte wie der Blitz Kartoffeln schälen und ihre Kinder, also meine Oma und ihre drei Brüder, auch als sie alle schon weit über 70 waren, mit einem einzigen, eisigen Blick erstarren lassen. Wie sagte sie: Die bring ich zur Räson.

So hocke ich jetzt also auf dem Fußboden, in meinen gemütlichen Wollsocken und blättere, statt zu putzen, in meinem Leben. Vieles fällt mir dabei wieder ein, ich erinnere mich und lächle. Irgendwie klingt alles im Nachhinein so locker und leicht, so einfach. Als wäre mein Leben eine einzige Kutschfahrt auf Wolke Glücklich. Dass es nicht so ist, das weiß ich und auch, was ich alles getan habe, um eben doch immer wieder auf dieser Wolke zu landen oder mich zumindest daran festzuhalten.

Das ist jedenfalls etwas, was ich ganz sicher nicht bereue – immer wieder glücklich sein zu wollen. Wenn man es wirklich will, dann klappt es auch. Daran glaube ich unverbrüchlich. Niemand führt ein Leben, das nur aus Erfolgen, Schönheit, Reichtum und Gesundheit besteht. Und wenn doch – dann lasse ich mir das Rezept geben.

Ganz langsam stellt sich in meinem Kopf eine Idee ein, als ich so durch die Tagebücher blättere und lese, was ich alles über so viele Jahre hinweg aufgeschrieben habe, weil ich es nicht vergessen wollte. Manches war *nur* lustig oder besonders beeindruckend, traurig, schaurig oder schön. Zwischen diesen Zeilen verliere ich mich heute und spinne den Gedanken weiter, der mich vorhin so unvermittelt anfiel, als ich die Bücher nach langer Zeit wieder in Händen hielt.

Ich könnte doch endlich meinen Traum vom eigenen Buch in Angriff nehmen, mir selber zum nächsten Geburtstag quasi noch *ein Kind* schenken, eines auf das ich Jahrzehnte gewartet habe, weil nie der rechte Zeitpunkt dafür zu sein schien. Vielleicht ist es jetzt tatsächlich so weit. Man muss sich im Leben immer irgendwann für oder gegen eine Richtung entscheiden und dann mit all den Konsequenzen, die das mit sich bringt, leben und glücklich werden.

Ich fühle mich bereit, ich wage den nächsten Schritt, glaube nicht, dass Grenzen nicht zu verschieben sind und jeder Lebensabschnitt unverbrüchlich mit bestimmten Regeln verbunden ist.

DAS MILCHKÄNNCHEN

In meinem Esszimmer steht der Schrank meiner Uroma. Den liebe ich, und er ist mit Dingen gefüllt, die mir am Herzen liegen – schöne Tischdecken (die ich so gut wie nie benutze, aber jede von ihnen erinnert mich an etwas Besonderes aus Kindertagen, und deswegen behalte ich sie alle), Geschirr und Blumenvasen, Lieblingsbücher, ein paar Fotos, USB Sticks mit Geschichten und Musik, zwei kleine, bunte Holzvögel, ein brauner Glasdackel, zwei Fantasy-Figuren, die mein Sohn vor Jahren bemalt hat, eine schrecklich hässliche Rose aus Porzellan, Dinge, die meine Kinder in Kindergarten und Schule gebastelt haben, sechs winzig kleine silberne Kuchengabeln mit einer Rose als Griff. Die habe ich auf einem Trödel gekauft, zusammen mit passenden Zwergenlöffeln. Ab und an hole ich sie aus dem Schrank und betrachte sie lächelnd. Essen kann man damit kaum, weil sie winzig sind, aber sie sind wunderschön.

So schön, wie ich es liebe und wie es doch gar nicht zu mir und meinem Alltag passt. Wenn Leute denken, ich dekoriere schlicht in grau und weiß, sachlich und ohne

Nippes – die wissen nicht wirklich etwas über mich. Ich bin Frau M mit dem Milchkännchen, und liebe ganz heimlich genau das, wovon die Welt denkt, das ist nichts für diesen toughen Eisbrecher. Der bin ich gar nicht, aber das muss nicht jeder wissen.

Eigentlich mag ich Rosen und Margeriten und mein Minibesteck und kitschige Weihnachtsdekorationen und Blümchenröcke.

Mein Herz hängt an einem rosa Schaumstoffball durch den ein rosa Gummiband gezogen ist, das man vorne über die Tülle einer Kaffeekanne schiebt, ein Tropfenfänger. Und auf diesem rosa Gummiband sitzt ein rosa Schmetterling aus Plastik, nicht schön, aber mir wärmt er seit Kindertagen das Herz. Er riecht nach den Geburtstagen bei meiner Oma, nach Schirmchen im Kuchen, Getränken auf dem Tritt der Nähmaschine, nach Onkel Willis Mundharmonika und Tante Maria, die extra aus dem fernen Thülen kam. Ich hab damals gedacht, das liegt in Australien, weil meine Oma immer wieder erwähnte, dass Maria extra die lange Fahrt aus Thülen für sie auf sich nimmt[*].

---

[*]   das ist bei Arnsberg und nur eine knappe Zugstunde entfernt.

Von diesen magischen Tropfenfänger-Schmetterlingen liegen, wohl behütet, zwei in meinem Schrank. In rosa und hellgrün.

Genau daneben steht auch ein altes Milchkännchen. Es gehört zu einem Kaffeeservice meiner Oma. Klassisch in hellelfenbein mit Goldrand, unvollständig, heiß geliebt von mir. In diesem Milchkännchen habe ich immer Geld, weil ich mir vorstelle, irgendwann habe ich vergessen, dass es darin ist, und dann finde ich es ganz überraschend. Das Gefühl, wie das sein könnte, jagt mir wohlige Schauer über den Rücken, so schön ist das. Weil ich ja mit diesem Geldsegen gar nicht gerechnet habe. Ich finde diesen Gedanken irgendwie faszinierend. Auch jetzt gerade in diesem Moment freue ich mich drauf, gleich ins Kännchen zu gucken.

Selbstverständlich ist es leer. Es ist und war immer leer, wenn ich geguckt habe. Weil Geld bei uns eine, sagen wir, kurze Halbwertzeit hat. Sehr kurz. Aber ich kann einfach nicht aufhören, Geld in mein Kännchen zu legen. Es bereichert mein Leben, das zu tun. Das ist nicht logisch und macht keinerlei Sinn, ich tue es trotzdem seit Jahren.

Geld holen, Geld in das Kännchen legen, in die Küche gehen, Einkaufszettel und Tasche holen, Geld aus dem Milchkännchen nehmen und zum Supermarkt fahren. Oder Geld holen, Geld in das Kännchen legen, runter laufen in das Zimmer meines Sohnes. Der kommt mir schon entgegen und hält einen völlig zerfledderten Turnschuh hoch. Also gehe ich die Treppe wieder rauf, ziehe meine Schuhe an, suche den Autoschlüssel, fische das Geld aus dem Milchkännchen, und wir kaufen Chucks. In Größe 46,5. Die gibt es nie im Sonderangebot. Und deswegen muss auch alles an Geld mit, das im Kännchen war.

Lächelnd lege ich das Buch zur Seite und greife nach einem anderen Band. Ich weiß nicht, in welchem Jahr ich landen werde, weil alle meine Tagebücher ähnlich aussehen – sie haben die gleiche Form und sind mit chinesischem Stoff bezogen. Nur in der Farbe und den Motiven des Stoffes unterscheiden sie sich. Auch das gefällt mir, ich will gar nicht im Voraus wissen, wo ich lande. Das habe ich in meinem Leben selten im Vorfeld wirklich gewusst, und das habe ich immer genau so gemocht.

Gibt es so etwas wie Karma oder Schicksal? Ist es mir vorher bestimmt, nicht zu wissen, wohin mein nächster Schritt mich führt? Wie tiefsinnig ich doch sein kann.

Regentage-Philosophie könnte man es nennen. Mir fällt so vieles ein, während ich hier sitze und blättere. Ein bisschen Wehmut, eine sanfte Brise Wiedersehensfreude, ein Seufzer, ein Grinsen, ein Hauch Romantik, weißt du noch, war das nicht gestern, wo ist die Zeit geblieben, hab ich mich verändert?

Etwas hat sich geändert – zum Beispiel, wie und worüber ich im Laufe der Zeit berichtet habe, was ich für erinnerungswert hielt, was mir wichtig war – die Dinge, die mich berührt haben, was ich geliebt oder gehasst habe, ungerecht fand oder überaus erfreulich. Ich habe viel Schönes festgehalten, das ist so meine Art. Ich will positiv denken und fühlen. Auch dann, wenn ich weiß, eigentlich sind die Zeiten schwierig oder schlichtweg blöd.

Irgendwann, während des Studiums, als jeder Cent an jeder Ecke fehlte, habe ich mir für viel zu viel Geld sieben Baskenmützen in sieben verschiedenen Farben gekauft. Einfach nur, um Fotos zu machen. Zwei Tage später wurde mir der Strom abgestellt. Das fand ich blöd, aber ich habe die Baskenmützen nicht bereut. Vielleicht ist das auch ein Schlüssel zum glücklich sein – mit den eigenen Entscheidungen, die man getroffen hat, ohne Reue leben zu können und nicht endlos mit ihnen zu hadern.

Heute kann ich mir Strom und Baskenmützen leisten, was ganz sicher ein Fortschritt ist. Aber deswegen fühle ich mich nicht glücklicher als damals. Damals war es ein Abenteuer, die Mützen zu kaufen, und das ist es heute nicht mehr. Also musste ich auf die Suche nach neuen Abenteuern gehen, neuen Jagdgründen und neuem Unfug.

SELBSTDIAGNOSE

Ich bin eine Frau, wozu ich, objektiv betrachtet, überhaupt nichts kann. Und ich möchte es auch gar nicht anders haben. Trotzdem leide ich hin und wieder. Weil mein Verstand und *der Rest* nicht immer kompatibel sind.

Denn ausgerechnet in mir vereinen sich die meisten zu diskutierenden oder geradezu lächerlich typischen weiblichen Eigenschaften. Das muss ein Scherz von Mutter Natur sein, und ihr Humor ist echt merkwürdig.

Romantische Filme mit Happyend und Actionfilme mit männlichen Männern, das mag ich – so richtige Machos, die alles niedermähen in einem Kampf, den niemand braucht oder die einen Salto rückwärts aus dem Stand schlagen.

Einmal war ich den Tränen nahe, weil in einem Disney Film fast ein Glühwürmchen gestorben ist.

Meine Figur kann ich nicht leiden, dafür aber Mokkaeis umso mehr, viel Mokkaeis, ganz viel Mokkaeis – zumindest wenn ich traurig bin. Weiße, brave Blusen trage ich generell nicht, aber umso lieber enge Jeans oder kurze bunte Röcke. Schminke mag ich auch und besonders Parfüm. Mit Vorliebe teures.

Ich esse nur orange Gummibärchen und mag Donald Duck – rede zu viel, finde meinen Hintern zu wenig geformt, meine Beine zu kurz und meine Falten zu vielfältig, habe Anfälle von extrem schlechter Laune ohne Begründung und heule mich auch beim zwanzigsten Mal *Love Story* gucken noch durch den kompletten Film, weil ich jedes Mal wieder hoffe, diesmal geht es endlich gut aus.

Bücher kaufe ich, weil mir das Bild auf dem Umschlag gefällt und werfe mich ergriffen auf mein Sofa, sterbe ganz langsam und qualvoll bei Freddie Mercury's *Too much love will kill you* – wenn mir danach ist. Mein Lieblingslied heißt *Midnight without you*.

Zusammenfassend kann man sagen, ich sammle schlechte Filme, höre merkwürdige Musik, bin unberechenbar, und meine schlimmste Ader ist romantisch. Mit einem Hauch Micky Maus ... ganz entsetzlich. Mein Gehirn krümmt sich von mir.

Der Höhepunkt ist und bleibt allerdings die Tatsache, dass ich auch noch gerne Schuhe kaufe. Ich bin ein wandelndes, Fleisch gewordenes Vorurteil. Eine Karikatur meiner selbst.

Beim Schuhe kaufen werden ganz sicher Hormone freigesetzt. Am liebsten würde ich jedes Paar Schuhe in vielen verschiedenen Farben erstehen. Und wenn Schuhe nicht passen oder doof an mir aussehen, dann ärgert mich das. Manchmal kaufe ich sie dann aber trotzdem, weil sie so schön sind und stelle sie irgendwohin, wo jeder sie sehen kann und mich dann um meine Schuhe beneidet. Es steht ja nicht dran, dass sie mir gar nicht passen oder ich nicht darin laufen kann. Tolle Schuhe sind es ja trotzdem.

Im Übrigen ziehe ich auch gerne Chucks an, weil ich Chucks liebe. In jeder Farbe. Nur nicht in beige. Oder orange. Lila mag ich auch nicht. Aber sonst jede Farbe. Weiß eher nicht. Und grün doch weniger. Auch nicht bunt. Oder mit Herzchen und Totenköpfen und grafischen Mustern. Aber sonst doch alles. Blau finde ich jetzt auch nicht so besonders schön, das ist langweilig.

Manchmal starre ich etwas irritiert auf das, was ich da zu Papier gebracht habe. Chucks mag ich noch, allerdings habe ich mich irgendwann mit mir selber auf den Kauf je eines weißen und eines schwarzes Paares geeinigt. Alle anderen Experimente habe ich für gescheitert erklärt. Grau ist auch weiterhin eine Option, der Rest ist gestrichen, für alle Zeiten. Vielleicht gehört auch das zum Älterwerden – zu erkennen, was man einfach lassen kann. Bunte Blusen, wallende Kleider, Schnickschnack um den Hals und in den Haaren, das ist nichts für mich. Eine kühne Entscheidung, die ich jahrzehntelang immer wieder in Frage gestellt habe, genauso wie wirklich wichtige Dinge meines Daseins.

Aber war ich denn wirklich so? Bin ich es noch? Genau das frage ich mich manchmal, so wie jetzt gerade. Die Antwort bleibt immer gleich. Ja, es ist so. Obwohl ich ziemlich sicher bin, dass die meisten Menschen nicht so viel nachdenken, schon gar nicht über sich. Da kann es um ganz einfache Dinge gehen, wie eben Kleidung. Ich kontrolliere permanent, ob ich zu jung oder zu alt für eine Hose oder eine Jacke bin, zu dick, zu dünn, irgendwie ungeeignet eben. Statt einfach anzuziehen, was mir gefällt. Das habe ich auch ausprobiert, mit dem Ergebnis, dass ich das Kleidungsstück nie getragen habe – es gefiel mir, aber eben nicht an mir. Wie beneidenswert, wenn man sich einfach nimmt, wie man nun mal ist, innen und außen, sich nicht in Zweifel zu ziehen und prima zu finden, das ist doch ein erstrebenswerter Zustand. Wie ruhig und gelassen muss man dann sein. Ich hingegen kämpfe ständig mit dem einen oder anderen meiner privaten Dämonen. Wobei Dämon eher eine dramatische Wortwahl ist.

Aber so ist es wohl, ich bin eine Dramaqueen. An manchen Tagen mehr, an manchen weniger. Je nach aktuellem emotionalen Zustand.

DRAMAQUEEN

Ich bin krank. Es geht mit mir zu Ende. Weil ich es nämlich nicht leiden kann, wenn ich krank bin. Krank sein
bringt meine düstersten Charakterzüge umgehend zum
vollsten Erblühen.

Da liege ich, quasi in meinem eigenen Blut und sehe
schon das brennend helle Licht, in das ich gehen soll.
Zum Glück heiße ich nicht Carol Anne. Erinnert sich jemand? An Poltergeist? Ich höre die Stimme dieser dicken
alten Frau, die ein Medium ist.

Carol Aaaaanne, Carol Aaaaaaanne,
geeeeeeh ins Licht, Carol Aaaaaanne!

Wäre ich nicht so geschwächt, würde ein wohliger
Schauer über mich laufen, und ich würde grinsen bei der
Erinnerung daran, als ich mit meiner Tochter *Poltergeist*
gesehen habe. Sie saß schweigend neben mir und guckte
das Gruselige. Ich habe gut auf sie aufgepasst. Das Kind
war aber gelassen, und am Ende des Films kam dieser
legendäre Satz: „Mama, das war aber jetzt eine Parodie

auf Horrorfilme, oder? Das hättest du mir vorher sagen können." Eine Parodie? Der furchtbare, Panikattacken und nackte Angst auslösende Poltergeist?

Eine andere Stimme ruft mich, es ist die meiner Tochter. „38,2"; sagt das Kind ungerührt, „das ist fast nichts!" Mühsam öffne ich die Augen und schaue sie noch einmal an. Meine Erstgeborene, Licht meiner letzten Minuten. „Wo ist dein Bruder?" hauche ich. „Hä?" kommt die Antwort, „wieso? Beim Training." Ich nicke ergeben. Da ist gut, wenn der Junge trainiert. Dann kann er am Sarg mit anfassen.

Meine Freundin Anne kommt zu Besuch. Mit ihrer kleinen Tochter. Die ist vier und weiß noch nichts von den unsagbaren Beschwerden des Lebens. Und auch nicht, dass ich ein bisher unentdecktes Weltraumvirus in mir trage, das mich täglich dem Tode näher bringt. Sie klettert zu mir ins Bett und will gemütlich was von einem Regenbogenpony (glaube ich) im Fernsehen gucken. Mit tränenden Augen und versagender Stimme berichte ich vom Krankheitsverlauf. „Mein Gott, bist du bekloppt", sagt meine liebe Anne. Ich sinke in die Kissen. Mit der fahre ich nie wieder ins Esprit Outlet. Nein, niemals wieder. Bald wird sie tränenreich Blumen auf mich pflanzen, die ich nicht leiden kann. Dabei wollte ich verbrannt und auf dem Meer verteilt werden. Aber das haben sie sowieso vergessen, wie sie mich vergessen haben ... allesamt.

Ich muss seit mindestens zwei Jahren das Bett hüten. Allein, abgemagert, zu matt zum Schreien, fern der Heimat ... ich seufze und blicke mich um. Mein Sohn liegt neben mir im Bett, tief schlafend, Handy auf dem Bauch, Stöpsel in den Ohren, Metal Music an. Meine Star Trek Voyager DVD läuft noch. Seven of Nine, Neelix und Captain Janeway sind auch noch nicht zuhause.

Ich muss husten. Klingt nicht gut. Wahrscheinlich ein besonders schlimmer, neuer Virus. Ich huste zur Sicherheit nochmal. Eindeutig, so ein Scheppern in der Lunge. Ich stupse meinen Sohn an, der sich grunzend auf die Seite dreht und ein halbes Auge öffnet. „Egal, was es ist", murmelt er, „du stirbst nicht dran." Ich schlage ihm mit der flachen Hand auf den Kopf. Brummend stützt er sich auf seine Arme und blickt mich an. „Mama, du weißt, man schlägt seine Kinder nicht", knurrt er. Wie könnte ich das

Kind schlagen, wo ich zu schwach zum atmen bin? „Ich war das nicht", flüstere ich mit letzter Kraft. „Warst du doch, Alte", grunzt er und fängt an, mich zu kitzeln.

Ich bin wieder gesund. Und alle haben es gewusst – nur ich nicht.

Gesund bin ich, keine Frage und leider auch (meistens) ganz „gut im Futter", wie meine Oma sagte. Oh meine Güte, wie habe ich diesen Ausdruck verabscheut. *Gut im Futter* – das ist schlimmer und vernichtender als *fett* genannt zu werden. Gut im Futter – ich kann nicht beschreiben, was dieser Begriff in mir auslöst. Es ist furchtbar.

Was stellt man sich vor unter jemandem, auf den diese Beschreibung passt? Meine Phantasie läuft hier regelrecht Amok, so viel könnte ich sagen. Und ich weiß nicht, wo ich beginnen soll. Dick und doof beschreibt es noch am ehesten. Ohne irgendeine Form am Körper oder im Geist. Es gelingt mir nicht, es ist unbeschreiblich.

Ich wollte immer schmal und zerbrechlich sein und war es nie. Ich bin auch nicht groß und auch nicht superdick. Man bezeichnet mich als normal, nehme ich an. Aber wer will schon normal sein? Also Durchschnitt? Zu groß für klein und zu dick für zerbrechlich. Das ist auch schlimm. Das ist beinahe wie gut im Futter. Ich senke mein Durchschnittshaupt mit dem Durchschnittshaar über den Trog und esse. Ach, Oma, was hast du mir mit diesem Spruch nur angetan?

Da ist mir mein Herr Rubens schon weitaus lieber.

Kennt jemand außer mir den Herrn Rubens?

DER HERR RUBENS
UND ICH

Der Herr Rubens und ich kennen uns seit vielen Jahren. Er modelliert meine Rundungen, ich schaffe sie wieder ab. Und dann kommt er wieder dran. Wir beide, der Herr Rubens und ich, haben das *perpetuum* mobile erfunden. Und wir haben uns im Laufe vieler Dekaden miteinander arrangiert, wir stehen uns wirklich nahe. Mal hat er die Oberhand, dann wieder ich.

„Lebenslänglich", sagt meine Muttertante. Bei ihr ist der Herr Rubens, wenn er bei mir gerade frei hat.

„Nimm es doch einfach, wie es ist und wie du gemeint bist", sagt die eine Fraktion von Freunden und Familie, die andere Gruppe ist mehr für „mach ihn alle". Und das bin ich ja eigentlich auch. Aber manchmal, an lauen Sommerabenden, wenn ich am Eiscafé beinahe die Sahne auf dem Cappuccino riechen kann, wenn der Duft von Pizza und Tomatensauce in der Luft hängt oder wenn Schokolade verführerisch, ganz nackt, weil schon aus dem Papier genommen (von meiner geliebten Tochter, die Herrn Rubens wohl niemals sehen wird) vor mir liegt – dann sind der Herr Rubens und ich so seelenverwandt, da kann ich ihm nicht widerstehen. Dann kehrt Friede ein, und wir nehmen gemeinsam Platz zu einer hemmungslosen Runde Kalorien, die beinahe sakrale oder gar erotische Züge haben kann. Der Herr Rubens, das Mokkaeis und ich.

Manche Menschen vertreten den Standpunkt, dass Herr Rubens und ich eine ungesunde Beziehung führen und nennen ihn einfach Jojo-Effekt. Das finde ich nun überhaupt nicht nett, das ist eines Herrn Rubens nicht würdig. Niemand kennt und versteht mich so gut wie er. Er weiß um meine Bedürfnisse und hat schon so manche Schale Ben & Jerry's mit mir auf dem Sofa geleert. Ich schniefend und in Wollsocken, er mit tröstendem Blick und kuschelig weich. In traurigen Momenten fühlt sich niemand auf der ganzen Welt so gut an wie der Herr Rubens. Da kommt kein Mann gegen ihn an. Ich liebe jede Rundung, die er mir schenkt. Weil er mir Trost oder auch einfach Genuss und Lebensfreude gibt.

Er ist ein perfekter Verführer, ein Charmeur, ein Lügner und Illusionist. Er lässt mich glauben, er sei nur für mich da, um mich zu erfreuen. Er buhlt um mich mit herrlichen Gerüchen und verzaubert meine Sinne mit wunderbaren Geschmacksrichtungen. Er bringt meinen Verstand zum Erliegen und gaukelt mir vor, alles sei schon bezahlt und für mich ohne Konsequenzen. Wenn ich mich wehre, findet er einen Weg, meinen Widerstand zu brechen. Und wenn ich dann zärtlich mit einer Fingerkuppe das Muster auf einem Keks nachzeichne oder mit einem prickelnden Gefühl in der Magengegend sanft einen langstieligen Löffel in die neue Sorte Mango-Eis gleiten lasse – dann hat er wieder gewonnen. Er ist der Casanova der Kalorien und seine Verführungskunst hat eine Perfektion, die niemals schwindet. Jedenfalls für mich nicht. Ich bin ihm verfallen.

Es gibt selbstverständlich auch Dinge, da passen Herr Rubens und ich so gar nicht zusammen. Zum Beispiel dann, wenn ich meinen Badeanzug anziehe oder er wieder meine Lieblingsjeans heimlich enger genäht hat. Dann mag ich Herrn Rubens nicht leiden und verbanne ihn aus meinem Leben. Geknickt schleicht er sich fort.

Und er weint heiße Tränen auf die letzte Sahne im Cappuccino. Aber er weiß ganz sicher, es wird niemals ein lebenslanges Exil sein.

Ja, ihn gab es schon immer. Wie sagt man, schon lange vor den Kindern. Und heute, quasi nach den Kindern (die kann ich längst nicht mehr als Alibi benutzen) ist er auch noch da. Das war er immer und wird er immer sein. Obwohl ich mich im Laufe der Jahre von vielen Dingen, Situationen und auch Menschen verabschiedet und Teile meines Lebens ausgetauscht oder erneuert habe. Ich liebe letztlich die Veränderung. Herrn Rubens habe ich immer behalten. „Lebenslänglich, wir haben lebenslänglich, was das betrifft", sagt ja meine Tante, und sie hat recht. Seufzend blicke ich an mir herab. Eindeutig ist er gerade wieder da, der Gute. Vielleicht beginne ich direkt morgen mit der Verbannung. Gute Vorsätze schaden bekanntlich nie.

Weil es heute so ein Tag aus Freude, Erinnerung, Gemütlichkeit und Wehmut zu werden scheint, kommt mir mein Lieblingszitat in den Sinn, es ist von Christian Morgenstern.

Von Herzen Schollenmensch, von Geist Nomade.

Das hatte ich fast vergessen, weil so oft gefragt wurde, was es denn bedeutet. Irgendwann habe ich es nicht mehr erwähnt, und es ist in einer dieser Schubladen gelandet, in die man nur noch ganz selten schaut. Manchmal kommen aber ganz plötzlich diese Erinnerungen und machen mich für ein paar Stunden zu *„einem sentimentalen Hund"*. So nannte das Franz Josef Degenhardt[*]. Jetzt werde ich regelrecht wehmütig. Mit dessen Liedertexten bin ich groß geworden, kannte sie besser als das Lied vom Hänschen klein oder der deutschen Linde.

Als mir das so in den Sinn kommt, fällt mir meine Studienzeit ein – Literaturwissenschaften, Germanistik, Philosophie, Publizistik. „Brotlose Kunst", pflegte meine Oma zu sagen. Ich grinse. Wie recht sie hatte.

---

[*]   Zur Erinnerung: Franz Josef Degenhardt, geb. 3.12.1931 in Schwelm/Westf., gest. 14.11.2011 in Quickborn/Schleswig-Holstein, war ein deutscher Liedermacher, Schriftsteller sowie promovierter Jurist und Rechtsanwalt.

WARTEN,
AUF WAS AUCH IMMER

Das Telefon beginnt in der Sekunde zu klingeln, in der ich die Wohnung betrete. Vielleicht ein wichtiger, gewinnträchtiger Anruf? Anne schreit mir aktuelle Diäterfolge ins Ohr, als ich den Hörer hochreiße. Ich erkläre, ich habe ja so viel zu tun und hänge ein. Und dann kommt das Warten auf die Post. Es könnte ja ausnahmsweise was Nettes dabei sein – ein Termin zu einem Vorstellungsgespräch, ein unerwartetes Geschenk, ein Liebesbrief von Mel Gibson (der kennt mich ja gar nicht, fällt mir ein). Meistens kommt, wie Anne sagt, nur *Binnen-Post*: „Zahlen Sie binnen 14 Tagen den oben genannten Betrag – andernfalls es Ärger geben dürfte ...".

Manchmal frage ich mich, unter welchem Stern ich geboren wurde. Wahrscheinlich war es eine Supernova – dick und pleite.

Und ich muss auch wieder niesen, einmal, zweimal, dreimal und so weiter. Fängt das erst an, geht es endlos so weiter. Wahrscheinlich bin ich allergisch, allergisch gegen mich selber. Wo zum Henker sind die Taschentücher? Mit triefender Nase und tränenden Augen schwanke ich durch alle Zimmer. Natürlich niese ich dabei immer noch.

Der Briefträger kommt und bringt die Telefonrechnung. Versager! Das Telefon klingelt. Diesmal gehe ich nicht ran, sondern koche mir einen Kaffee, denke an all das, was eigentlich längst hätte bezahlt werden müssen. Mein Konto starb schon vor Monaten an Einsamkeit, so ganz ohne Geld wollte es nicht sein. Wenn ich wenigstens ein Genie wäre, dann könnte mein Gehirn schon jetzt der Forschung verkauft werden und nur das lebenslange Nutzungsrecht (lohnt sich das?) würde bei mir liegen. In Deutschland verhungert man nicht, sagt der Mann im Fernsehen – man stirbt an Frust.

Telefon. Na gut, ich gehe ran. Meine Oma! Danke, es geht mir gut. Nein, ich kann nicht kommen, das Auto springt nicht an. Warum nicht? Weiß ich nicht. Außerdem muss ich aufhören, ich habe ja so viel zu tun. Mich erhängen, zum Beispiel.

Überraschung, das Telefon klingelt. Mit Schaum vor dem Mund nehme ich den Hörer ab. Die Agentur, die mir drei Euro im Monat zahlt. „Können Sie, am besten bis vorgestern, zwei saustarke Texte für zwei Teeservices machen? Dann auch gleich für einen Teewagen?" (Texte für eine Teekanne? Ja, ist klar, das wird mein Durchbruch). „Und wenn Sie dann bitte auch gleich noch die Headline für das Bett und die Gesundheitsmatratze mitbringen würden?" Jetzt nicht über das nachdenken, was ich tue. Nicht jetzt. Sonst kriege ich einen Schreikrampf. Ich brauche das Geld, also schreibe ich eine Headline für das Bett und einen Spontispruch für die verdammte Kanne. Im Büro bekomme ich einen Scheck, der ist zur Verrechnung. Wenn den mein Konto sieht, ist er gleich auf ewig weg. Und dafür bin ich zu Fuß durch die Gegend gelaufen.

Kaum zuhause angekommen, klingelt das Telefon. Meine Oma. Danke, es geht mir immer noch gut, und das Auto springt noch immer nicht an. Nein, ich war nicht bei Onkel Robert im Heim, ja, im Büro schon, nein, keine neuen Aufträge, ja, ich habe in der Agentur nachgefragt wegen der Termine, nein, kein fester Job in Aussicht, nein, ich gehe nicht in die Stadt und gebe unnötig Geld aus. Das kann ich auch gar nicht, weil sowieso kein Cent da ist. Ja, es ist unmöglich, dass ich kein Geld habe, weil eben jeder Geld hat. Nun, hier ist keines, nein, auch nicht in nächster Zukunft. Sicher ziehe ich mich gut an, wenn ich zu einem Vorstellungsgespräch gehe, nein, keine neue Kleidung kaufen, ist registriert. Wovon auch?

Eine praktische Heirat? Wer soll geheiratet werden? Bill Gates wollte mich nicht, der tolle Cop aus den Straßen von San Francisco kennt mich nicht, Mel Gibson sieht alt geworden auch nicht mehr so aus, als könne er mich wirklich überzeugen. Was bleibt also?

Telefonate dieser Art hasse ich schon lange nicht mehr. Sie sind Teil meines Lebens.

Ich denke mir Dinge aus, die ich ohne Geld tun kann. Den Mülleimer runtertragen und unterm Bett aufräumen. Vielleicht auch einen Brief schreiben – aber nicht abschicken, denn die Marke kostet wieder. Meine Fingernägel schneiden, aber die kaue ich sowieso schon ab. Vielleicht putze ich meinen rechten schwarzen Schuh – schwarz der Stimmung wegen. Und warte weiter.

Meine Güte, das ist alles so unfassbar lange her. Ich erinnere mich an meine kleine Wohnung, die ich so geliebt habe, an das von Tante Mia gespendete Sofa aus gallegrünem Plüsch mit riesigen goldfarbenen Blumenornamenten und auch an den Kleiderschrank, den ich in einem alten Kino entdeckt hatte. Da habe ich einfach gefragt, ob man ihn kaufen könne. Und das konnte man. So schön der Schrank war, so grausam war Tante Mias Sofa. Es war nicht mit Worten zu beschreiben, eine optische Heimsuchung wahrhaft kosmischen Ausmaßes, die jeder Beschreibung spottete.

Mein Bett war eine Matratze auf dem Fußboden, daneben zwei riesige Stapel Bücher – der eine zum schlau werden beim Studieren, der andere zum glücklich sein beim Träumen. Eine Kommode gab es auch, mit Ornamenten, liebevoll von mir gestrichen und – so gut ich es konnte – hergerichtet. Trotzdem schwang jede Nacht die eine Tür klammheimlich auf.

Das Badezimmer war ein ganz besonderes Erlebnis. Es war nicht gekachelt, sondern bis auf etwa 180 cm Höhe mit hochglänzender Ölfarbe gestrichen. Für diesen Teil hatte ich knallrot gewählt, für den Rest und die Decke ein schlichtes, aber schrilles Rosa. Dazu ein blauer Klodeckel und ein grüner Teppich. Das haute ordentlich rein.

Seitdem ist so viel Zeit vergangen, dass sogar meine Kinder schon jenseits von Schule sind. Was meine Tochter bedauert, mein Sohn schlichtweg genial findet. Ihnen habe ich gegeben, wovon ich immer geträumt habe in jener Zeit damals. Das ist wohl das Perpetuum mobile, welches es angeblich gar nicht gibt – jede Generation von Eltern beglückt den Nachwuchs mit der eigenen Vision eines besseren Lebens. Meine Kinder haben es mit viel Liebe und Geduld über sich ergehen lassen, auch wenn sie meine Erlebnisse dieser Zeit sicher streckenweise weitaus erstrebenswerter fanden als ihre sichere kleine Welt. Nur mein Sohn meinte letztens, als er eine Weile ohne sein Bettgestell auskommen musste (es hatte das Zeitliche gesegnet und wir fanden keinen adäquaten Ersatz), es sei doch extrem unangenehm, nur auf einer Matratze nächtigen zu müssen. Mein Grinsen hat ihn ziemlich irritiert.

Die Schulzeit meiner Kinder war bunt und manchmal schräg, und ich hätte gern den ein oder anderen Mitschüler und auch Lehrer erwürgt. Aber das haben die Kinder mir verboten, also habe ich es nie getan. Und dann diese Klausuren – grauenvoll. Irgendwie war das früher anders, meine ich. Da durfte man noch verstehen, was gefragt wurde. Na ja, in Mathematik nicht, aber das lag wohl eher an mir als an der Fragestellung.

ALLES KLAR

„Mamaaaaaaaaaaaaaaa! Kannst du bitte eben ganz ganz schnell gucken, ja?" dringt ein Alarmschrei aus dem Zimmer meiner Tochter. Sie macht Hausaufgaben, übernächste Woche beginnen die Vorklausuren für das Abitur.

Das Kind ist nervös, es hat alles vergessen – wie man Kleidung vom Boden aufhebt, wie man beim Cola-Einschütten das Glas trifft, wie man Luft holt beim Sprechen, wie man schläft und wie man Hausaufgaben macht oder, ach, was weiß denn ich.

Jedenfalls hält sie mir jetzt einen DIN A 4-Zettel unter die Nase und sagt mit leicht hysterischer Stimme: „Was schreib ich denn jetzt hierzu?" Noch ganz entspannt nehme ich das Blatt in die Hände und beginne zu lesen.

Ich erstarre. Denn da steht wortwörtlich:

„... denn die Novelle ist die ausgewogene und genau kalkulierte Formung eines Exempels, an dem sich zeigen lässt, wie unmittelbare individuelle Äußerungen bar jeder Individualität sein können. Gemeinplätze und Vorurteile werden durch das sprachliche Arrangement zu einer potenzierten Banalität, die ästhetisch genießbar wird, weil sie zeigt, wie vielsagend das scheinbar Nichtssagende ist …".

Mal ehrlich, da will mich doch jemand verschaukeln. Das ist doch vollkommen sinnentleerter Schwachsinn. Das heißt doch gar nichts und baut lediglich auf die (nicht ganz unberechtigte) Hoffnung, dass niemand sich traut, zuzugeben, dass er den Kappes nicht versteht.

Das sage ich dem Kind. Sie schaut mich mit diesem waidwunden Blick an und murmelt nur, dass aber bestimmt alle im Kurs was zu sagen haben und wissen, was es heißt. Nur sie eben nicht. Aber ich müsste das verstehen, ich hätte das doch studiert, da weiß man so was doch. Bitte, Mama! Wieder dieser Blick, der mich mitten ins Herz trifft. Mein Kind braucht meine Hilfe. Aber was soll ich sagen zu diesem unsäglichen Quatsch? So gelassen wie möglich versuche ich, ihr zu erklären, dass diese Sätze nicht bar jeglicher Individualität sind, sondern bar jeglichen Sinnes …

Dann lese ich, schließlich geht es um die Nerven meines Kindes, das Ganze nochmal und nochmal und nochmal.

Es hilft nichts, davon wird es nicht besser. Potenzierte Banalität, die ästhetisch genießbar wird? Was soll das denn sein? Man kann es von allen Seiten betrachten, wie man will – es ist dummes Zeug. Potenzierte Banalität – wo gibt es denn so was? In einem Film mit, Moment, wer macht die dämlichsten Filme?

Das scheinbar Nichtssagende ist vielsagend? Glaub ich einfach nicht und muss das ganz klar verneinen. Das scheinbar Nichtssagende, das ich hier in Händen halte, ist auch real nichtssagend. Definitiv.

Die Formung eines Exempels? Ich könnte den Schreiber dieser Zeilen ausfindig machen und ihn mit der Axt, mit der wir unseren Weihnachtsbaum auf Zimmerhöhe bringen, etwas umformen – nur so als Exempel – ganz unverbindlich. Ästhetisch genießen könnte ich das durchaus auch.

Aber das bringt uns in diesem Moment nun ja alles nicht wirklich weiter. Das Kind möchte das auch nicht. Was bleibt mir übrig, ich lese noch einmal alles genau und schneide mir letztlich irgendeinen Text aus den Rippen, um ihn meiner Tochter zu geben. Kann ja niemand widerlegen, was ich geschrieben habe, weil keiner den Ursprungstext versteht ... das ist mein Vorteil.

Ausgewogen und genau kalkuliert kontere ich dieses Geschwafel mit nichtssagender Ästhetik und leugne im Abspann jegliche Individualität desjenigen, der die Zeilen einst schrieb, wodurch seine potenzierte Banalität in einem künstlerisch grandios gestalteten Inferno, das dem Dantes in nichts nachsteht, im Nichts der Gemeinplätze versinkt. Weil ich nämlich der bessere Rhetoriker und verbale Taschenspieler bin. Und meine Tochter hat ihre Abiklausur in Deutsch mit eins bestanden.

Ein durchaus nicht wehmütiges Lächeln zieht über mein Gesicht. Schule ist aus, meine Kinder studieren mittlerweile. Mein Sohn, ein Schlumpf mit roten Haaren, wird wahrhaftig Lehrer ... und ist erwachsen. Mehr oder weniger.

Es herrscht Frieden im Schlumpfland. Aber das war durchaus nicht immer so. Er war und ist einer jener Menschen, die oft ruhig und still sind, dann aber, zu gegebener Zeit, nahezu Unvergleichliches von sich geben. Das kann saukomisch sein, bitterböse mit Widerhaken, unglaublich schlau oder einfach nur interessant. Sein Wissen ist immens. Mein Bruder hat Charisma, sagt meine Tochter und wünscht sich, genau wie ihre Mutter, man selber hätte etwas mehr davon. Obwohl ich oberflächlicher Mensch dazu tendiere, mir lieber das Aussehen meiner Tochter zu wünschen.

Auf gar keinen Fall ist mein Sohn unproblematisch, sein Charme hat ihn allerdings stets vor schlimmen Konsequenzen bewahrt. Ich wäre dreimal sitzen geblieben, meint meine Tochter, er ist ohne eine *Ehrenrunde* durch die Schule geschlendert.

Meine Gedanken schweifen unwillkürlich in meine eigene Schulzeit zurück. Erschreckend, an wie wenig ich mich erinnern kann. Sowohl was die Lerninhalte betrifft als auch Mitschüler, alltägliche Ereignisse und den Lehrkörper. Vielleicht fand ich es so gruselig, dass ich es verdrängt habe und ein bisschen Hypnose würde alles wieder zutage bringen. Ob ich das wirklich möchte? Wohl eher nicht.

Vor einigen Jahren bin ich zu einem Ehemaligentreffen meiner Schule gegangen, das habe ich vorher nicht getan und auch danach niemals wieder. Dort bin ich auf viele Menschen getroffen, allesamt weiblich. Wir waren ein Mädchengymnasium. Sowas gab es damals ehrlich noch. Es starb gerade aus, aber es war noch da.

Und, es klingt wie aus einem Courths-Mahler-Roman: es durften keine Jungs auf den Schulhof. Ist das nicht faszinierend? Die ganz Coolen hatten einen Freund, der mittags treu und brav direkt an der Außenseite der Schulmauer wartete. Das war richtig toll, da war man beinahe ein Revolutionär. Und wenn dann die Nonnen mit dem Zentimetermaß kamen und der Junge musste noch zwei Schritte zurücktreten. Du meine Güte, da fielen reihenweise Schülerinnen vor Neid und Aufregung in Ohnmacht.

Zugegeben, keiner der dort wartenden Jungs hat mich jemals wirklich in seinen Bann gezogen und ich hätte von keinem abgeholt werden wollen (oder gar den Preis dafür bezahlen), aber beeindruckend was es schon.

Jedenfalls kannte ich eigentlich niemanden, nur meine liebe Freundin Maude (der Name wird sich später noch erklären) und eine Kusine, alle anderen waren Fremde für mich. Das war ziemlich peinlich, weil die meisten mich lachend umarmten und meinen Namen kannten. Meine Kusine, die eines jener Wunderwesen ist, dessen Kniestrümpfe als Kind nicht rutschten und die alle Namen und Geburtstage der Menschen weiß, denen sie nur einmal begegnet ist, flüsterte mir in rascher Folge Namen ins Ohr oder auch einen Kurs, den man gemeinsam hatte.

Besonders verbunden fühlten sich offensichtlich diejenigen, die zu Beginn der ganzen Schulodyssee in einer Klasse gewesen waren, bevor man in die sogenannte differenzierte Oberstufe eintrat. Nun, die kannte ich auch nicht. Schule war schon reichlich speziell für mich. Und ich verstehe darum auch ganz gut, warum die Schulzeit meines Sohnes so verlaufen ist und keinen Deut anders. Meine Tochter hatte Glück, dass sie sich aus dem Sumpf der schulischen Vorurteile befreien konnte. Das meine ich wirklich.

SCHLUMPFLEBEN

Hin und wieder frage ich mich, warum mein Sohn jedes Mal „Hier, ich bitte" schreit, wenn es darum geht, in der Schule auf einem Zettel zu stehen, auf dem man nicht stehen sollte und ganz sicher nicht stehen muss.

Wenn er nachmittags in aller Gemütsruhe verkündet: „Weißt du, Mama, morgen hängen sie so Zettel in die Pausenhalle, da stehen alle aus meinem Jahrgang drauf, die direkt nach den Zeugnissen nochmal einen Extra-beratungstermin haben", dann weiß ich, er ist dabei.

Er ist der, der vielleicht und aus Versehen die Sicherheits-glastür kaputt gemacht hat, er ist der, dem der Schul-Projektor aus den Händen fällt, er ist der mit dem blauen Auge nach der Schlacht um Gerechtigkeit und der, der mich anruft und sagt, er habe soeben aus Protest den Unterricht verlassen und stehe nun vor der Schule. Er ist der, der, wenn eine Lehrerin sagt, nur über ihre Leiche sei es möglich, seinem Wunsch nach einem bestimmten Tisch-nachbarn nachzukommen, gelassen antwortet: „Das lässt sich einrichten." Aber er ist auch der, dessen Jahrgangsleiter mich anruft und sagt, dass mein Sohn den Tobias geschlagen hat. „Das kann ich nachvollziehen. Hätte er es nicht getan, hätte ich es wohl übernommen. Ihr Sohn hat quasi meinen Job gerettet. Schimpfen Sie nicht, wenn er nach Hause kommt." „Oh", sage ich, „vielen Dank, er ist schon hier und alles ist entspannt, ich habe es nicht so mit Schlümpfe abstrafen".

Er verpasst nach dem Schulschwimmen den Einsatzbus und geht ganz entspannt zu Fuß nach Hause, was nur leider niemand weiß. Während der Suchaktion (ich habe dem Direktor, der Sportlehrerin und den Damen im Sekretariat in knappen Worten deutlich dargelegt, was sie erwartet, wenn sie meinen Schlumpf nicht umgehend herschaffen) sitzt er brummend vor der Haustür. Schlüssel vergessen.

Mit dem Politiklehrer legt er sich so an, dass dieser in einem Gespräch mit mir beinahe kollabiert.

Er ist der, der immer sagt, was er denkt, der seinen alten Lateinlehrer zutiefst verehrt, der, der niemals Kompromisse macht und der, wenn er Unrecht wittert, wie ein Bullterrier ist.

Er ist der rote Schlumpf, der immer in Schwierigkeiten ist. Wie oft ich ihn schon beim Direktor abgeholt habe, kann ich nicht mehr zählen. Letztens wurde mir ein Dauerstandplatz direkt am Schulhof angeboten und die Möglichkeit, in dem kleinen Raum neben dem Lehrerzimmer eine Luftmatratze und einen Schlafsack zu deponieren. Damit ich nicht immer hin- und herfahren muss.

Letzte Woche rief der Direktor an, mein Sohn sei bei ihm und sie würden gemeinsam (business as usual) erst noch schnell die Post sortieren, dann könne ich ihn abholen. „Was ist es diesmal?", flüstere ich. Er habe die Deutschlehrerin darauf hingewiesen, ihre Art zu unterrichten, sei ebenso zweckfrei wie einschläfernd monoton, wird mir berichtet, mit einem eindeutigen Kieks in der Stimme. „Reaktion?" murmele ich. Sie habe geantwortet, er solle es doch besser machen. „Kein Problem", hat mein Schlumpf gemeint und ist nach vorne gegangen, um den Unterricht zu übernehmen. Da hat sie ihn lieber zum Direktor geschickt. Wahrscheinlich aus Angst, er könne recht behalten.

Die Religionslehrerin ist noch in Kur. Und der Politiklehrer hat die Schule längst verlassen.

Mein Sohn möchte Museumsdirektor werden. Oder Lateinlehrer. Aber lieber Museumsdirektor.

Und ich sehe heute so alt aus, wie ich bin. Aber das macht mir nichts aus. Zeugnisse gibt es morgen. Der Extra-Schlumpftermin ist am kommenden Montag.

Schule war, wie gesagt, eine spezielle Angelegenheit. Erfolg oder Misserfolg, gute Erinnerungen oder schlechte – das alles hängt in ganz wesentlichem Maße vom Lehrkörper ab. Dass mein Sohn unterrichten möchte, noch niemals so viel gesprochen hat wie bei unserem Besuch im Forum Romanum – das liegt an seinem Lateinlehrer. Er hat diesen Mann mehr als geschätzt, hat ihn bewundert und als Vorbild gesehen. Was kann einem Lehrer letztlich Besseres widerfahren? Und im Ernst, was kann einem Schüler Besseres geschehen?

Und dieser Lateinlehrer (der übrigens, als er noch lächerlich jung gewesen sein muss, mein Geschichtslehrer war) hat meinen Sohn nicht nur inspiriert und ihm einen Weg gezeigt, er ist für ihn auch mehrfach über seinen Pädagogenschatten gesprungen – wofür ich heute noch Kopf und Knie vor ihm beuge.

Auf der Suche nach Schulgeschichten blättere ich durch eines der Tagebücher, weil ich anfange, nach bestimmten Ereignissen zu suchen. Wie war das noch mit meiner Tochter und dem Abiball? Meinen eigenen Abiball habe ich damals verpasst, weil ich durch's Abitur gerasselt bin und erst Wochen später, nach erfolgreicher Nachprüfung in Biologie, mein Zeugnis in den Händen halten konnte. Das hat mir nie etwas ausgemacht, ich fand Schule immer absolut überflüssig. So war ich. Meine Tochter mochte die Schule, sie lernte gerne und manchmal freiwillig, liebte Schulausflüge und sogar einige Unterrichtsfächer. Wahrscheinlich sind es bei beiden Kindern die Gene meines Vaters, die sich hier an die Oberfläche gekämpft haben. Denn er war mit Herz und Seele Lehrer.

DAS ABIBALLKLEID
UND ICH

Meine Tochter hat ihr Abitur bestanden. 13 Jahre auf dem Allerwertesten sitzen und sich merken, was vorne gesprochen wird, sind Geschichte. Blöde Mitschüler, blöde Lehrer, nette Lehrer, beste Freunde, Ausflüge, Schulreisen, vergeigte Mathematikarbeiten, entsetzliche Exkursionen, verlorene Lateinbücher, Referate (ich habe zahllose geschrieben ...), Zitterpartien in Chemie, Tränen der Enttäuschung, Bundesjugendspiele, meine einsamen Momente, wenn mein Kind unglücklich und ratlos war – vorbei.

Und all das ist ein Flüstern im Wind, ein Hauch in der Ära des Lebens, gegen das Problem *Wie soll mein Kleid für den Abiball aussehen?* Ich bin um Jahre gealtert, müde, gebrochen, ausgelaugt, ohne Illusionen.

Wir denken und probieren und verwerfen und bestellen und schicken zurück und denken und ziehen an und ziehen aus und finden nichts. Nude ist in. „Nude?", sag ich, „willst du nackt gehen, Kind?" „Nein, Mama", sagt sie, *Nude* wäre die Farbe vom Kleid. „Wie sieht Nude aus?", frage ich. „Wie nackt", sagt sie und grinst. Ja, dumm ist sie nicht, meine Tochter. Ich hatte die Rettung gegen Nude. Nude macht blass. Blass geht gar nicht. So kam das schnelle Aus für Nude.

Dann soll es eben was Knalliges sein. Floral. Viele Blumen in Pastell. Kein Neckholder, denn Frau will Push-up tragen. Und unter Neckholder geht das nicht.

Wir finden ein Kleid mit vielen großen Blumen, die aussehen wie mit Wasserfarben gemalt. Das bestellen wir. Weil es so unfassbar schön ist. Bezahlen, bestellen, warten. Endlich kommt das florale Wunder. Und es sieht gruselig aus am Abiturientenkörper. „Huch", sagt mein Sohn, der ja auch der Bruder ist, „willst du auf eine After-Life-Party in dem Frack?" Das war zu viel. DAS Kleid wollen wir nicht.

Floral wird also neben Nude beerdigt. Wir kehren zurück zu den Wurzeln – den knalligen. Das nächste Kleid hat die magische Farbe Magenta und muss auch bestellt werden. Weil es nirgendwo Kleider in Größe 32 gibt, die nicht aussehen, als wolle man im horizontalen Gewerbe Karriere machen oder an einem Kindergartenfest teilnehmen. Biene Majas Abiball. „Wenn du das bringst", sagt der Bruder, „geh ich als Willi mit."

Aber es bleibt zunächst bei Magenta, das wird schnell geliefert. Und hängt am Kinde wie ein Sack. Egal, wie wir es betrachten, es hängt. „Oh, ein Mu'umu'u", sagt der Sohn im Vorbeigehen, „Ist es ein Mottoball? Klassisches Hawaii oder so? Hast du auch 'ne Ukulele?"

Ich tüte das Gewand schnell und schweigend ein und sende es zurück. Meine Hände zittern, meine Augen sind voller Tränen. Die Abiturientin ist mit sieben Freundinnen in Düsseldorf, Kleider angucken. Wobei sie schon vorher wusste, dass sie sowieso nichts findet. Das weiß sie. Na ja, ich auch.

Den Sohn habe ich aber präventiv so zusammengestaucht, dass er schwört, einem Schweigeorden beizutreten und künftig den Kopf geneigt und die Hände gefaltet zu halten.

Düsseldorf war eine weitere Niederlage. Wir warten jetzt auf ein türkisfarbenes Kleid, das nur über einer Schulter einen Träger hat und einen breiten Gürtel, der glitzert. Es hat einen Touch ins antike Rom, fällt wie ein Wasserfall, hat eine brillante Farbe und ist eine ganz große Hoffnung. Es kommt in den nächsten Tagen – es gilt: solange ich atme, hoffe ich.

Nachtrag: ich wünschte, ich könnte das Kind in diesem Kleid hier zeigen. Sie war die Schönste von allen, und ich musste immer wieder weinen. Das Kleid in der Farbe ihrer Augen. Meine schöne Tochter!

Belustigt wische ich mir eine Träne aus dem Augenwinkel. Der Abiball war schon ein bewegender Moment für mich. Um Mitternacht habe ich mit meiner Tochter getanzt, dann mussten die Eltern nach Hause gehen. Sie hat wahrscheinlich nie verstanden, was in diesen Minuten in mir vorgegangen ist. Ich hatte es allein geschafft, mein Kind durch die Zeit zu bringen, für sie da zu sein, ihr zu helfen, ein sicherer Hafen und doch nicht lästig. Jetzt konnte ich mich ganz leise von etwas verabschieden, in der Gewissheit, es zu einem guten Ende gebracht zu haben. So dumm sich das vielleicht anhört, ich war ein kleines bisschen stolz, und die Wehmut darüber, dass diese Ära hier und jetzt auf dem Parkett endete, trieb mir Tränen in die

Augen. Aber geweint habe ich erst heimlich im Auto. Manche Dinge gehen niemanden etwas an. Ich habe irgendwo gelesen, dass Tränen eher ein einsamer Wolf als ein Hund sind, das kann ich nur unterschreiben. In all den Jahren habe ich meine Tränen allein geweint. Und das war gut so.

Meine Gedanken kehren in unseren Alltag zurück, den ich wirklich liebe. Wir Drei haben viel erlebt und tun es noch. Es war nie so, dass, wenn ein Lebensabschnitt zu Ende war, nichts blieb. Wir haben immer neues Terrain betreten und Spaß gehabt. Als meine Kinder klein waren, habe ich mich immer wieder leise gefürchtet. Wie wird es sein, wenn sie zum Kindergarten oder, oh Schreck, in die Schule gehen, wenn sie Freunde haben, mit denen sie mehr Zeit und Geheimnisse teilen als mit mir? All diese Zeiten sind gekommen und haben mir eines gezeigt: Jeder Lebensabschnitt mit meinen Kindern hat seine eigene Dynamik, seine eigene Freude, und man wandelt sich doch letztlich schmerzfrei von der Mama zur Mutter und dann zu jemandem, der einfach nur geliebt wird und dessen Eigenarten auf großzügige Weise toleriert werden. Ganz sicher gehe ich meinen Kindern hin und wieder auf die Nerven, aber sie nehmen das einfach hin. Wie ich umgekehrt auch.

Also ist es keine Frage, am ergiebigsten für meine Tagebuch-
einträge sind und waren immer die Themen rund um meine
Freundinnen, meine Kinder und mich. Quer durch die Jahre
habe ich uns in Stein gemeißelt. Phase für Phase.

KLEIDER-ORDNUNG

In Kleiderfragen sind mein Sohn und ich uns meistens einig. Die Grundfarbe ist schwarz, wir tragen nahezu alles gerne zusammen mit einer ganz normalen Jeans. Nur ungern nehmen wir etwas, das gebügelt werden muss. Das ist uns zu anstrengend und führt nur dazu, das frisch gewaschene Kleidungsstücke über einen langen, häufig sehr langen Zeitraum an einem Stuhl hängen – bis sie direkt wieder reif für die Wäsche sind. Das macht ja keinen Sinn und ist zudem eine ständige Erinnerung an die eigene Unzulänglichkeit im Alltag.

Was uns ebenfalls verbindet, ist eine gewisse, ich sage mal, Müdigkeit und Desorientierung in den frühen Morgenstunden. Nachts sind wir fit und grandios, geistreich und agil. Tagsüber sind wir das eher nicht – zumindest nicht vor, grob geschätzt, elf Uhr. Da wir das wissen, planen wir entsprechend. Aber leider kann man sich das nicht immer wirklich aussuchen. Wir haben es versäumt, als Mitglieder der Familie Kennedy oder Hilton auf die

Welt zu kommen. Darum unterliegen wir einigen gesell-schaftlichen Zwängen, wie zum Beispiel pünktlich an der Uni oder beim Job sein zu müssen.

Wie man sich nun vorstellen kann, birgt das für uns Pro-bleme, die ohne Hilfe von außen (sprich durch meine Toch-ter, die ja seine Schwester ist) durchaus in einem Desaster enden können und uns der Lächerlichkeit preisgeben.

Ich hätte da ein wundervolles Beispiel.

Letzte Woche, an dem schlimmen Tag, der meinen Sohn dazu zwingt, bereits vor sechs Uhr morgens den Zug zur Uni zu nehmen, habe ich ihn zum Bahnhof gefahren. Dazu hatte ich mir nur eine Jacke über's (schwarze) Schlaf-T-Shirt gezogen und bin barfuß in meine Chucks gestolpert.

Mein Sohn umklammerte mit leicht wirrem Blick seine Tasche mit den vielen Patches verschiedener Metal-bands. *Judas Priest* hing nur noch am berühmten sei-denen Faden, das fiel mir auf. Und wenn wir zu so früher Stunde bereits kommunizieren würden, hätte ich auch ganz sicher etwas dazu gesagt. Das können wir aber lei-der nicht, wir verständigen uns lediglich durch eine Art Grunz- und Knurrlaute. Das stört niemanden von uns, eher im Gegenteil, man fühlt sich durchaus verbunden und verstanden. Grunzen, wenn wieder die typische Ampel rot ist, knurren, wenn an der üblichen Stelle wieder viel zu viele Autos für diese gottlose Zeit stehen und uns den Weg zum Bahnhof versperren. Zischen, wenn sich dann noch jemand mit seinem ebenso dämlichen wie hässlichen Auto vordrängelt.

Irgendwann formuliere ich dann mühsam „Wann?" und der Sohn weiß direkt, ich will wissen, wann er heute wieder nach Hause kommt und ob ich dann für uns alle kochen soll oder ob er das übernimmt und ich nur einkaufe. Falls er schon weiß, was er kochen möchte. Das eine Wort beinhaltet auch die Frage, ob ihm bekannt ist, wann seine Schwester aus Düsseldorf von der dortigen Uni wieder da sein wird. Er versteht das alles und murmelt: „Keine Ahnung!" Das wiederum heißt für mich, ich mache essenstechnisch erstmal gar nichts und warte auf WhatsApp-Nachrichten.

Perfekte Kommunikation in Kurzform. Ich mag das.

Wir kamen dann am Bahnhof an, knurrten kurz, und der Sohn torkelte aus dem Wagen. Wie üblich schlug die Tür mit einem so heftigen Knallen zu, dass es mich auf der

Fahrerseite fast aus dem Sitz katapultiert hätte. Aber ich kenne das und halte mich immer gut am Lenkrad fest. Müde legte ich einen Gang ein und fuhr wieder nach Hause zurück. Gut, dass mein Auto den Weg kennt, wer weiß, wo ich sonst zu so früher Stunde landen würde. Vor längerer Zeit habe ich in der Nähe vom Bahnhof mal bei einem Bäcker gehalten, der schon geöffnet hatte, um mir Frühstück mitzunehmen. Leider fiel mir im Laden das Wort „Brötchen" nicht ein, und es gibt nun einen Menschen mehr auf Erden, der mich für irre hält. Ich wollte eh lieber Toast.

Zwei Stunden später erreichte mich eine sehr vorwurfsvolle WhatsApp-Nachricht von meinem Sohn. Warum, in drei Teufels Namen, hatte ich ihm nicht gesagt, dass er im Schlafanzug unterwegs war? Nun ja, ich hatte es gar nicht bemerkt.

Zugegeben, das klingt ein bisschen dramatischer, als es war. Der Junge trägt Jogginghose und ein T-Shirt, wenn er schlafen geht. Er stand also nicht im Pokemon-Schlafanzug an der Uni. Es war nur das alte, völlig verwaschene und nicht mehr so ganz passende Shirt aus der Zeit seines freiwilligen sozialen Jahres, und es stand ein ziemlich uncooler Spruch darauf. Die Hose nimmt er auch seit Jahren zum Anstreichen, sie hat also mehrere Farbflecken, die sich nicht mehr entfernen lassen. So gesehen war seine Kleidung leicht grenzwertig, aber es hätte durchaus schlimmer kommen können, meine ich.

Schlimmer kommt es für mich zwei- oder dreimal im Jahr, wenn ich morgens wach werde und direkt erkenne, heute ist einer jener Tage, die sich auf locker 36 Stunden zu strecken scheinen und jede Minute ist das pure Grauen. Das war schon immer so, und ich habe gelernt, damit zu leben.

LIEBLINGSTAGE

Manchmal werde ich morgens wach, und dann weiß ich schon nach den ersten einigermaßen wachen Sekunden, heute wird das nichts mit der Umwelt, dem Leben als solchem und mir.

Ich stolpere schon, wenn ich das Bett verlasse, weiß nicht, was ich anziehen will, habe keine Ahnung, was ich essen möchte. Mein Schlüsselbund ist verschwunden, irgendetwas Ekeliges klebt auf dem Fußboden, meine Lieblingsjeans hat einen Fleck, das Ladekabel vom Handy einen Defekt. Ein Blick in die Waschmaschine reicht, um festzustellen, dass ein einzelner, gemeiner schwarzer Socken meine weißen T-Shirts und die Unterwäsche mit einem schmutzigen Grauton überzogen hat.

Wenn ich mich dann endlich bis in die Küche geschleppt habe, um mit Marmeladen-Toast und Milchkaffee gegen die Unbillen des Lebens anzugehen, landet ganz sicher das Himbeergelee auf meinem Socken. Leise fluchend bücke ich mich, um mit einem feuchten Lappen das Desaster zu beseitigen und stoße mir den Kopf am Rand der

Spüle. Dabei fällt meine Lesebrille vom Kopf und landet mit den Gläsern auf den Fliesen.

So geht es dann den ganzen Tag weiter. Allein das Wissen, dass es so sein wird, reicht schon, um in mir den kaum zu bezähmenden Wunsch zu wecken, einfach wieder ins Bett zu kriechen und mir die Decke bis über die Ohren zu ziehen.

Aber so läuft das ja im Leben nicht. Darum wandere ich mehr oder weniger frohen Mutes durch diesen Katastrophentag und weiß, hinter jeder Ecke, unter jedem Stein, in jedem zwischenmenschlichen Kontakt lauert heute das Unheil. Sage ich etwas, habe ich schon zu viel gesagt, und sage ich nichts, bin ich merkwürdig schweigsam. Egal wie, ich ärgere jeden Mitmenschen durch meine bloße Anwesenheit, durch schlichtes Atmen. „Mutter", sagt der Sohn, „du bist komisch. Warum nur?"

Ja, warum? Das weiß ich nicht. Es kann am Datum, am Karma, am Schicksal, an der Farbe meines Hemdes oder der Dioptrinzahl meiner Brille liegen, es bleibt ein Rätsel. Es gibt Zeiten, die kippt man am besten direkt in die Mülltonne. Was leider nicht funktioniert, denn nachweislich vergeht Zeit in immer demselben Tempo – was ich im Übrigen sowieso bezweifle. Tage wie diese sind endlos. Ich schwöre es!

Der Nachbar, der sein Motorrad in meiner Garage unterstellen darf, hat etwas zu meckern. Ich hatte ihm gesagt, dass sein Fahrzeug Öl verliert und ich es begrüßen würde, wenn es das nicht in meiner Garage tut. Das war sicher zu unfreundlich – weil das Motorrad brandneu ist und sehr teuer war. Was vermutet er? Dass ich nachts Öl unter sein „heiliges Blechle" gieße? Das habe ich nicht laut gesagt, deswegen verstehe ich seinen Unmut nicht.

Der schlecht begonnene Tag erweist sich weiterhin als nicht sonderlich angenehm. Ich hatte nichts anderes erwartet.

Mein Lieblingsapfelsaft steht nicht im Supermarktregal und niemand weiß, wann er wieder da sein wird. Ich habe mir eine Zeitschrift gekauft, nur um zuhause festzustellen, dass ich die Ausgabe von letzter Woche erstanden habe. Zumindest erklärt das, warum mir das Titelbild so seltsam bekannt vorkam. Im Laden habe ich noch gedacht, dass aber auch immer dieselben Gesichter auf diesen Blättchen sind. Klar, wenn man, wie in einer Zeit-schleife gefangen, immer dieselbe Zeitung kauft.

Daheim angekommen, muss ich feststellen, dass ich Salz und Milch vergessen habe. Nur wegen diesen Dingen war ich eigentlich losgefahren. Nochmal mache ich mich jetzt nicht auf den Weg, ich trinke meinen Kaffee schwarz. Das kann ich allerdings nicht ausstehen und lasse es für heute ganz. Das ist auch gesünder. Und beruhigt die Nerven. Das habe ich dringend nötig.

Gerade am Geldautomaten habe ich dreimal meine PIN falsch eingegeben, bis der Apparat die Karte ver-schluckte. Mir blieb nichts anderes übrig, als die Bank zu betreten, meine Dummheit einzugestehen und der kopf-schüttelnden Dame mit dem riesigen Schlüsselbund zu-rück zum Automaten zu folgen, den sie dann aufschloss, um mir meine Karte wiederzugeben – mit dem Hinweis, diese könne ich erst in 24 Stunden wieder benutzen.

Ok, ich wollte heute sowieso kein Geld ausgeben!

Jetzt erwächst aus dem Lesen meiner Lebensgeschichten plötzlich eine gewisse Ehrfurcht vor mir. All diese Klippen habe ich umschifft und den Schein wahren können, dass wir eine völlig normale und unauffällige Familie sind – was wir möglicherweise auch einfach sind. Mit an Sicherheit grenzender Wahrscheinlichkeit sind die meisten Menschen nicht ganz ehrlich, was ihren Alltag und die damit verbundenen Stolperfallen betrifft. Erst nach Jahren voller vermeintlicher Niederlagen und Peinlichkeiten habe ich begriffen, dass ich über einige Dinge besser schweige oder mir schlicht etwas ausdenke, um nicht zugeben zu müssen, was so alles im normalen Leben schiefgehen kann.

Die Tatsache, dass mir diese Ereignisse nichts ausmachen, dass sie mich eher amüsieren und meinen Alltag bunter machen, heißt nicht, dass andere Menschen es genauso sehen oder fühlen. Hätte ich je gelernt zu schweigen (außer vor sechs Uhr morgens auf dem Weg zum Bahnhof) würde ich es wohl öfters tun.

Aber dann hätte auch niemand je die Chance zu erfahren, wie bei uns Nudeln gekocht werden.

GENETISCH BEDINGTES NUDELKOCHEN

In meinem ganzen Leben habe ich noch niemals Nudeln zubereitet, ohne dass alles übergekocht ist und der ganze Herd unter Salzwasser stand. Dabei spielt es keine Rolle, ob ich direkt neben dem Nudeltopf stehen bleibe und unentwegt hineinstarre, ob ich die Temperatur der Herdplatte vor oder nach dem ersten zarten Wassersprudeln herunterdrehe, den Deckel schräg auf den Topf setze oder gerade oder gar nicht, ob ich den Herd überhaupt einschalte oder eine Stunde im Bad verschwinde, während die Nudeln im Topf sind. Überkochen tun sie immer.

Und es ist jedes Mal eine Riesensauerei, die ich aus allertiefstem Herzen verabscheue. Genauer, ich krieg so furchtbar die Wut, dass ich die dämlichen Nudeln samt Topf und Herd unter lautem Kriegsgeheul aus dem geschlossenen Fenster werfen könnte.

Mein Sohn steht gern direkt neben mir, wenn ich Nudeln koche. Weil, sagt er, die Wahl meiner Schimpfworte niemals so kreativ und ausgefallen ist wie in jenem Moment, in dem das Nudelwasser sprudelnd auf die heiße Herd-platte läuft und es auf eine ganze bestimmte, äußerst aufreizende Weise zu stinken und zu zischen beginnt. Bevor es dann für alle Zeiten festbackt – und dabei eine weiße Kruste hinterlässt, die ich auch nicht leiden kann.

„Das ist ein Gen-Defekt, Mama", feixt der Sohn, wenn es wieder losgeht und reicht mir dieses seltsame Gerät, das aussieht wie eine Mischung aus Kartoffelschäler und Teppichmesser, das aber dazu dient, das ganze Zeug vom Herd zu kratzen. Vom Ceranfeld. Das ist ja an sich schon ein Fortschritt. Denn früher musste ich rund um die Herdplatten schaben, was gar nicht funktionierte und diese silberfarbenen Ringe rund um besagte Platten komplett zerkratzte und verbog. Äußerst unschön.

Aber zurück zum Ceranfeld. Das Kratzen – das hasse ich natürlich auch. Man bemüht sich wie ein Weltmeister, und irgendwie geht doch nichts ab von dieser einge-brannten Salznudellösung. Jetzt reisen auch schon die ersten Besserwisser an, die sagen, vom ewigen Benutzen sei die Klinge stumpf geworden. Ja, weiß ich. Aber ich möchte so ein Teil nicht neu kaufen. Weil ich es eigent-lich gar nicht haben will.

Bei näherer Betrachtung des Phänomens kann ich nicht wirklich sagen, was ich weniger mag. Dieses ewige Desaster mit Spaghetti, Farfalle, Fusili und Co. oder die nicht enden wollende Kette von Freund, Feind und Familie, die mich seit Jahren mit Weisheiten zu diesem Thema beglücken.

Es ist schwarze Magie im Spiel oder eben wirklich ein genetischer Defekt oder die Nudeln, die in mein Zuhause getragen werden, unterliegen einer sprunghaften Mutation und werden zu Überkochern.

Eine Zeitlang habe ich sogar Ratschläge befolgt, habe einen Holzlöffel quer über den Topf gelegt, weniger Wasser genommen, einen größeren Topf, weniger Salz, anderes Salz, habe von Anfang an die Temperatur der Platte nicht hochgedreht (dann kocht auch nichts über, weil er gar nicht den Siedepunkt erreicht … nur bedingt hilfreich also) … ja.

Die Lösung war letztlich naheliegend. Die Kinder kochen hier die Nudeln, das heißt meine Tochter. Dem Sohn mit den roten Haaren kochen sie immer über. Gen-Defekt in der zweiten Generation.

Mein Sohn ist immer wieder für Überraschungen gut, das war er schon von Kindesbeinen an.

Ich denke an seinen dritten Geburtstag und den knallbunten Gabentisch, die liebe Familie, die eingeladen war, der Patenonkel, der mit stolz geschwellter Brust eine Benjamin Blümchen-Torte anschleppte, viele Geschenke, Luftballons und Aufmerksamkeit für das zu bejubelnde Kind. Und was tat mein Sohn? Er legte alle neuen Spielsachen unter den Esszimmertisch, breitete seine Bettdecke darüber, krabbelte ebenfalls darunter und verkündete gelassen, er habe von uns allen nun die Nase voll und würde erst wieder hervorkommen, wenn alle weg wären. Da kommt Freude auf.

Grinsend lehne ich mich zurück und vor meinem inneren Auge erscheint mein Kind in Badehosen. Eine völlig verzweifelte Schwimmlehrerin rief mich damals an. Mein Sohn war drei Jahre alt und sollte im Hallenbad hier bei uns in der Stadt einen ersten Kursus machen. Ein bisschen mit anderen Kindern im Wasser planschen, die große Schwester (stolz mit Seepferdchenaufnäher am Badeanzug) ging extra nochmal mit und hatte tierisch viel Spaß.

Und dann hat der Junge die gesamten zwölf Wochen, die der Kursus dauerte, mit eiserner Miene im Wasser gestanden, unbeweglich. Sein Bauch sei wasserscheu, hat er gesagt, mehr, als so dastehen, könne er leider nicht tun.

Nach dem Anruf der Dame von der Badeanstalt (ich liebe dieses Wort), habe ich ihn gefragt, ob er denn dann lieber gar nicht mehr hingehen wolle zu diesem Schwimmkurs. Das hat er klar verneint. Er fand es vollkommen in Ordnung, im Wasser zu stehen und nichts zu tun.

Mehr hat er auch nicht getan, während des kompletten Kurses nicht. Ein Wochenende später, als wir schwimmen waren, hat er dann sein Seepferdchen gemacht. Einfach so, weil ihm gerade danach war und seinem Bauch auch.

BETTGEFLÜSTER

Mein Sohn hat sein Bett zerlegt. Fein säuberlich. In mehrere, unterschiedlich große Teile. Und mitten im Lattenrost fehlen vier Latten. Alles war ein Versehen. Oder die Euphorie, bei Skyrim gelevelt zu haben.

Eigentlich ist es auch egal, das Bett ist in jedem Fall im Eimer, und das Kind liegt nun mit der Matratze auf dem Parkett und klagt, dass nachts immer das Kopfkissen hinten runterfällt. Ja, tut es. Als er noch ein Bett hatte, hatte er auch ein Kopfteil. Jetzt nicht mehr. Er ist nun in jeder Hinsicht ein Level weiter! Sozusagen. „Du bist NICHT komisch, Mama", raunzt er. Find ich doch!

Aber natürlich wäre ich nicht die gute Mutter, die ich zu sein versuche, wenn ich nicht alles dransetzen würde, das Bett wieder in einen benutzbaren Zustand zu versetzen. Und wozu hat man einen großen Freundes- und Bekanntenkreis? Ich kenne einen Schreiner. Der muss das Bett inspizieren, sagen, ob es tot ist oder geheilt werden kann.

Diagnose: Es muss neu geleimt werden. Keine große Sache. Haha. Bei uns ist alles eine große Sache. Und nichts geht den direkten, schlichten Weg. Aber zunächst wird das gelevelte Bett abgeholt und kehrt, nach nur einer Woche, geleimt heim. Natürlich in Einzelteilen. Sonst wäre es ja auch zu einfach.

Mein Sohn nimmt das Kopfteil, ich das Fußteil, wir stehen uns gegenüber und fragen uns, wer denn jetzt die zwei Meter langen Seitenteile einsetzt, während wir hier stehen. Der Rote entscheidet sich für eine interessante Lösungsvariante. Er richtet sein Kopfteil senkrecht aus, lässt es los und sprintet. In der Hoffnung, er ist mit einem Seitenteil wieder da, bevor das andere Ding umfällt. Das klappt nicht. Es ist nur laut, und ich habe vor Schreck das Fußteil auch noch fallen lassen. „Scheiße", knurrt der Knabe ... Er kann schlicht und pragmatisch sein.

Der nächste Versuch ist besser. Ich halte das Kopfteil, er hängt beide Seitenteile ein, um dann das Fußteil anzufügen. Theoretisch. Denn wir merken jetzt auch schon, dass alle Holzdübel fehlen. Wir lassen genervt alles los (es kracht wieder unfassbar laut, als sämtliche Teile auf den

Boden aufschlagen) und fahren zum Baumarkt. Dort erkennen wir, dass wir eigentlich keine blasse Ahnung haben, wie groß diese Dübel sein müssen und kaufen vier Tüten mit vier Größen, weil wir die Nase mittlerweile gestrichen voll haben und nichts mehr riskieren wollen.

Wieder zuhause schlägt mein Sohn die Dübel mit der bloßen Hand in die entsprechenden Löcher, er ist misslaunig. Dann gehen wir wieder nach demselben Prinzip vor. Ich halte das Kopfteil, er steckt ineinander. Klappt auch schon im vierten Anlauf. Bis dahin hat es so oft Tinnitus auslösend gekracht, dass ich total sauer bin und nur noch keife wie ein Fischweib. Und auf meine Lieblingslesebrille bin ich auch getreten. Warum auch immer die auf dem Boden lag.

„Imbusschlüssel", krächzt mein Sohn. Ah, das neue Schlagwort. Wir haben nämlich keinen. Wir hatten, das weiß ich genau. Der lag auch auf der Fensterbank, zum wieder zusammenschrauben, wenn das geleimte Bett wieder da ist. Aber da ist kein Imbus mehr. Nirgendwo ist einer. Wo er ist, weiß niemand, er wird auch niemals wieder auftauchen. Das ist klar.

Die Einzelteile krachen zu Boden, wir stampfen schweigend zum Auto, um bei dem Mann meiner Freundin Anne einen Satz Imbusschlüssel zu leihen. Er hat immer alles und weiß, wenn wir bei ihm erscheinen, muss er schnell sein und bereit

Abends sitzen wir auf dem fertigen und stabilen Bett, teilen uns eine Pizza und sind stolz auf unsere Leistung.

Was das Reparieren im Haus betrifft, sind wir ungeschlagene Meister, Meister der Improvisation. Wissen tun wir eigentlich gar nichts, gelernt haben wir all diese Dinge auch nicht, wir probieren einfach. Learning by doing. So heißt es ja, aber das können wir locker widerlegen. Ich lerne seit vielen Jahren, Löcher in die Wand zu bohren – und ich kann sagen, sie werden alle riesig, es rieselt viel aus ihnen raus. So große Dübel, wie ich Löcher bohre, gibt es nirgendwo. Aber ich habe eine ausgefeilte Taktik entwickelt, fehlende Wandteile zu verdecken. Seit einigen Jahren fotografiere ich und hänge meine Werke jetzt gerahmt an die Wände. Da muss man nicht bohren, einen Nagel in die Wand zu schlagen, reicht vollkommen aus. Das ist auch nicht so ganz leicht, aber ich nehme notfalls einen größeren Abzug vom Foto, das verdeckt dann auch die Löcher von schief eingeschlagenen Nägeln. Und ich bekomme nicht nur viel Lob für meine Fotos, sondern auch für die Platzierung der einzelnen Bilder. Die sei originell, heißt es.

Wenn ich nur etwas mehr Geduld hätte, wären die Ergebnisse meiner Handwerkskunst sicher nicht ganz so suboptimal – wie mein Sohn das nennt. Meine Tochter meinte letztens, es zöge durch die Wand, wenn man auf dem Sofa sitzt. Wahrscheinlich weht der Wind durch meine Bohrlöcher.

Ich lehne mich an die Wand hinter mir und bin eigentlich ganz zufrieden, wenn ich mich so umschaue. Zumindest in dem Raum, in dem ich mich gerade befinde, hängt alles noch ordnungsgemäß an der Wand. Und was die Geduld betrifft, da bin ich gegen eine meiner liebsten Freundinnen eine Mutter Teresa der Geduldsfäden.

GEDULDSFÄDEN

Ich warte nicht unbedingt gerne. Weil ich ungeduldig bin. Ich gebe es zu. Aber meine Freundin Anne kann überhaupt nicht warten. Sie will es auch gar nicht. Und das ist ganz etwas anderes. (Geduld mag sie nicht, die kommt direkt gleich auf mit Wagen durch das Outlet schieben, anstatt ihren Gatten zu bewerfen.) Und man kann auch gleich tot sein, wenn man ewig und immer und überall endlos warten muss.

Das führt dazu, dass sie ihren Frust an den lieben Mitmenschen auslässt, die sich gerade in Reichweite befinden.

Kurz gesagt, man sollte eine Schämgrenze weit oberhalb des Himalaya haben, wenn man mit ihr in einem Geschäft überleben will.

An der Kasse im Supermarkt zu warten, findet sie doof. Und steht dann noch jemand zu dicht hinter ihr an dieser Kasse, dreht sie sich um und sagt freundlich: „Noch einen Schritt nach vorn, und Sie tragen meine Kleidung."

Es kann aber auch, stets begleitet von einem überaus fröhlichen Lächeln, ein nettes „Gehen Sie ruhig vor. In Ihrem Alter hat man sicher immer Angst, nicht mehr lebend aus dem Laden zu kommen" sein.

Das sind die guten Tage. Erwischt man einen schlechten, ist es eher wahrscheinlich, dass das, was sie von sich gibt, weitaus klarer und drastischer in der Wortwahl sein wird. Ich finde es fast immer amüsant, was sie sagt, aber ich stehe doch lieber ein paar Schritte weiter weg, um nicht direkt mit ihr in Verbindung gebracht zu werden. Das ist nicht nett von mir. Aber ich kann allen Kritikern meines Verhaltens nur warm empfehlen, erst einmal eine kleine Runde mit meiner Freundin durch die Stadt zu drehen, bevor sie ihr Urteil über mich fällen.

Sie ist auch schon an einem Zebrastreifen, an dem sie stand, um eine ältere Dame mit Gehhilfe die Straße überqueren zu lassen (was, zugegeben, ihre Geduld bereits herausfordert. „Mann, die geht aber auch langsam!"), aus ihrem Wagen ausgestiegen und hat dem Herrn, der im Wagen hinter ihr saß und hupte, beschieden, er möge die alte Dame doch bitte selber umfahren, ihr sei gerade eben nicht so recht danach.

Aber als sie neulich an der Käsetheke warten musste – da hat sie die Kundin, die hinter ihr stand, mit erhobener Stimme gebeten, mit ihren unsäglichen Brüsten doch bitte jemand anderen in die Hüfte zu pieken. (Zum Glück hat wohl außer mir niemand die zusätzliche Spitze mit der Hüfthöhe verstanden.)

Ich gehe auch gerne mit ihr in ein Restaurant zum Essen. Wirklich! Wir kommen rein, sie strahlt jedes Lebewesen im Umkreis von 500 Metern glücklich an und sucht sich dann einen Platz. Sitzt sie, beginnt das Warten. Und das will sie ja bekanntermaßen nun nicht. Realistisch betrachtet würde es nicht einmal Usain Bolt an unseren Tisch schaffen, bevor sie unruhig wird. Ich habe im Laufe der Jahre wahrhaft ausgefeilte Hinhaltetaktiken entwickelt, um größere Übergriffe auf Kellner, Koch und Kundschaft zu vermeiden. Und irgendwie gehört das auch einfach dazu, wenn wir gemeinsam unterwegs sind. Mir würde sonst echt was fehlen.

Ich hingegen bin ja durchaus geduldig. „Ja klar", hat Anne beim Vorablesen dieser Geschichte gesagt und schweigend auf die Beule in der Spülmaschinentür gedeutet.

„Das ist Jähzorn, das ist was anderes", hab ich ihr erklärt.

„Oh", hat sie gegrinst, „und Jähzorn kommt erst in der nächsten Geschichte, ja?"

Wenn sie bis dahin warten kann – vielleicht!

Geduld – fasziniert mich. Das hat sie immer schon, wahrscheinlich weil sie mir so fremd ist. Zum großen Leidwesen meiner Kinder bin ich auch ein Autoflucher, da lebe ich mich verbal gern so richtig aus.

Es geht nicht anders, obwohl mir bewusst ist, dass ich mindestens so viele Fehler beim Fahren mache wie alle anderen auch. Und trotzdem kreische ich hinter dem Steuer wie ein Fischweib. Wissen bedeutet nicht Geduld.

Jetzt rücke ich meine Lesebrille zurecht, um sie dann doch beiseite zu legen. Erst einmal brauche ich jetzt ein paar Kekse, diese Reise ins Ich macht mich hungrig. Also erhebe ich mich und kontrolliere den Bestand an Keksen sowie den Inhalt des Kühlschranks. Da steht wieder kein grüner Wackelpeter mehr – hmmm.

Es gibt eigentlich nur den einen üblichen Verdächtigen. Meine Tochter kann es nicht gewesen sein, sie nimmt nur den grünen Wackelpeter mit Vanillesauce. Hin und wieder greift sie auch zu Joghurt *ohne Geschmack*, bestückt ihn reichlich mit Nüssen und Honig. Ich würde schon wieder Herrn Rubens kichern hören, sie nicht, kein bisschen.

Wenn ich also nicht schlafwandle, dann muss mein Sohn der Wackelpeteraufesser sein und irgendwie liebe ich ihn jetzt gerade ganz besonders. Obwohl er mir durchaus auch auf die Nerven gehen kann. Wenn er zu viel Wackelpeter isst oder etwas nicht will. Denn was er nicht will, das will er nicht. Und er ist tatsächlich in der Lage, einfach nicht wahrzunehmen, was man sagt. Es ist nicht so, dass er gezielt etwas überhört oder es nicht tut – nein, es gleitet an ihm ab wie Wasserperlen an manchen Pflanzen. Er bleibt vollkommen unbenetzt. Das ist absolut faszinierend, wirklich, und absolut nervig.

Wieder schleicht sich ein Gedanke des Tages in meinen Kopf, davon kann ich durchaus mehrere haben innerhalb von 24 Stunden. Gibt es auf der Welt Menschen, die gelben oder roten Wackelpeter essen? Das fällt mir gerade so ein. Ich kenne nämlich niemanden.

HAARE MACHEN

Mein Sohn hat Haare. Rote Haare. Was sich auch in seinem Charakter widerspiegelt. Muss man sagen. Meistens trägt diese Tatsache zu extrem verstärktem Spaß bei. Wie letztens, als er eine Darth Vader-Backform sah und fröhlich durch den Laden brüllte „Der Beweis. Auch auf der dunklen Seite gibt es Kuchen." Wenn knapp zwei Meter mit langen, roten Haaren brüllen, dann haben alle was davon, und so mancher springt schutzsuchend ins nächste Regal.

Aber manchmal, ganz manchmal führen rote Haare auch zu extrem verstärktem HubaHuba. Dann klopft er sich auf die Brust und will nicht. Und wenn er nicht will, dann will er nicht. Eigentlich ganz einfach, oder? Das ist die Regel. Nun habe ich mich aber noch nie wirklich gerne an Vorgaben gehalten, das liegt mir nicht im Blut. Aber wir einigen uns dann schon, es wollen beide ja oder es wollen beide nein. Oder jeder macht dann halt seinen Kram alleine. Nun kann es aber, in seltenen Ausnahmefällen, sein, dass ich will, wenn er nicht will und daran ist auch nichts zu ändern und wir müssen es auch gemeinsam tun. Zum Beispiel seine Haare schneiden. Ja, ist schon gut. Ich weiß. Mütter wollen immer, Söhne nie. Ich will mich auch nicht verteidigen, aber das Kind sieht ja nichts. Gar nichts. Echt nicht! Er wächst schlicht und ergreifend einfach zu.

Ich bin mir vollkommen sicher, dass er phasenweise sein Zuhause nur am Geruch und an typischen Geräuschen erkennt, Freunde am Geschmack und Lehrer an gar nichts. Er steht in der Küche und trinkt aus der Olivenölflasche und isst statt der Chips das Hundefutter. Er küsst seine Schwester und versucht, meine Chucks anzuziehen. Und manchmal ist er für eine Weile einfach verschwunden. Er sagt dann, er sei bei einem Freund gewesen oder in der Stadt. Ich bin fest überzeugt, er hat irgendwo den Ausgang nicht gefunden.

Gestern waren wir also Haare schneiden. Schweigen herrscht im Auto, auf dem Weg zum Frisör – Minusgrade. Eiseskälte. Wir betreten den Laden. Mein Sohn setzt sich schweigend hin. Eine kleine eifrige Friseuse eilt herbei, fragt nach seinen Wünschen. „Fragen Sie meine

Mutter", sagt er, nur um mich zu ärgern und in eine Ich-schäme-mich-jetzt-sofort-tot-Situation zu bringen. Aber ich bin seine Mutter, seit vielen vielen Jahren, ich habe Nerven wie Drahtseile. „Schneiden Sie was ab. Und er muss heute nicht in dem kleinen bunten Auto sitzen, er darf auf einen Stuhl!" Knurren und Zischlaute aus dem roten Dschungel lassen die kleine Friseuse einen Meter hoch springen. Fast bin ich sicher, sie reicht mir die Schere und sagt, ich soll das schön selber machen. Aber das Mädel ist tapfer, zitternd nähert sie sich dem Vulkan und fragt, ob sie beginnen dürfe und ob er vielleicht bitte vor der endgültigen Explosion sagen würde, wann genug ab sei. „Jetzt", brummt es.

Ich grinse. Weil ich weiß, was als nächstes kommt. Sie besprüht ihn mit Wasser. Damit sie besser schneiden kann und fährt dabei den Stuhl ganz nach unten, sie reicht sonst nicht an den Kopf ran. An Frisörtagen schenken wir uns nichts. „Nicht zu viel Wasser", sage ich deshalb, „das verträgt er nicht." „Bringen Sie die kleine fremde Frau hier raus, die hat mich schon auf der Straße belästigt", dröhnt es aus dem roten Busch. Die Friseuse blickt mich irritiert an. „Das ist doch Ihr Sohn, ja?" fragt sie leise, und ich nicke beruhigend. Das arme Mädchen …

Sie setzt die Schere an, und mein Sohn sagt nach etwa sieben Sekunden, nun sei es genug. Abrupt hört sie auf und rennt erleichtert zur Kasse. Ich zahle, und wir gehen – jeder hatte seinen Willen bekommen. Irgendwie. „Mann, ist das kalt am Kopf", sagt mein Sohn.

Jetzt nehme ich mir ein zweites Kissen und lege mich auf den Bauch, schließe einen kleinen Moment die Augen, denke an meine Liebsten. Mein Sohn, der dickschädelige Rotschopf, mit den unermesslichen Weisheiten des Universums gesegnet und doch so mit dem Kopf in den Wolken, dass er die Treppe von seinem Zimmer zu mir hoch nicht bewältigen kann, ohne zu vergessen, was er erledigen wollte.

Meine Tochter dagegen ist diszipliniert und effizient, mein geliebtes Ja-aber-Kind. Das war sie schon mit drei Jahren. Das amüsiert, hilft weiter oder macht wahnsinnig. Kommt ein bisschen auf die jeweilige Tagesstimmung an und auch auf das Thema, um das es geht.

„Oh, heute ist der Himmel so schön blau."
„Ja aber, ich finde doch auch ein bisschen wolkig!"

„Zwei Meter von dem Stoff reichen mehr als aus."

„Ja aber, ich würde doch etwas mehr nehmen, wegen der Nähte."

„Das ist aber ein richtig schönes Blau."

„Ja aber, es hat doch einen kleinen Grünstich."

„Ich hänge das Bild hier links hin. Das gefällt mir."

„Ja aber, auf der anderen Seite vom Zimmer sieht man es direkt, wenn man reinkommt."

„Ich brate für jeden zwei Frikadellen."

„Ja aber, mach lieber eine mehr. Falls man doch noch will."

„Ich putze schnell eben den Flur."

„Ja aber, mach das lieber morgen, es soll doch gleich regnen, dann wird alles direkt wieder schmutzig!"

Mal ehrlich, wo bliebe der Spaß im Leben ohne jegliche psychische Herausforderung?

VERBINDUNGEN

Ich glaube, wenn ich irgendwann alleine lebe (also ohne meine Kinder, meine ich), muss ich zum Logopäden. Weil ich zu diesem Zeitpunkt dann nämlich seit gefühlten 426 Jahren keinen Satz mehr zu Ende gesprochen habe.

Und ich werde im Bereich Multitasking brillieren.

Beispiel: Während ich diese Zeilen schreibe, redet meine Tochter mit mir über die schlimme Wunde an ihrem Zeigefinger, die sie sich gestern zugezogen hat, als sie hier oben ins Bad wollte und mit dem Finger in dem Teil des Türrahmens hängen geblieben ist, in den eigentlich das Schloss der Tür gehört, die allerletzte Mathearbeit ihres Schülerdaseins (die, wie fast alle Mathematiknoten in diesen dreizehn Jahren fünf minus war), darüber, dass sie vielleicht doch diese graue Sweatshirt-Jacke mit den Bommeln, die ich ja auch gesehen habe und die sie zu dem Zeitpunkt noch fragwürdig fand, noch kaufen möchte, dass sie morgen Geld mitnehmen muss in die Schule für die Bezahlung der T-Shirts mit dem Motto *für's Abi* drauf und dass ich doch bitte telefonisch morgen früh noch Huit clos und Hauptmann Gustl bestellen soll.

Dass die T-Shirts eine Farbe haben, die ihr nicht steht, dafür aber das neue Serum für ihre Haarspitzen ein echter Gewinn ist, dass sie gleich doch gern noch die gefüllten Paprika essen möchte – aber nur, wenn wir noch Reis haben. Und morgen hat sie, genau wie ihr Bruder, schon mittags schulfrei, weil der alte Lateinlehrer (der auch meiner war und der meines Sohnes) verabschiedet wird. Ob ich der Meinung sei, zu so einem Anlass sei man traurig und, wenn ja, wie lange wohl. Und ob ich dann morgen mit ihr zu Ikea fahren könne. Wegen des Vorhangstoffes für Ess- und Wohnzimmer. Wann ich die Vorhänge denn dann nähe und wie viel Meter Stoff das nochmal waren. Und dann habe sie gegoogelt, wie teuer denn nun der Flug nach Amerika sei. Aber besser wäre doch wohl der Besuch in einem klassischen Reisebüro, denn im Internet steht überall was anderes.

Und ob *Erika aus Amerika* (eine meiner ältesten Freundinnen) sich wohl schon um den Erwerb eines ebenso passenden wie preiswerten Autos gekümmert habe und ob ich dann gleich nochmal bei Facebook nachfragen will, ob sie das denn nun schon gemacht habe.

Außerdem will sie morgen noch zur Sparkasse, und das aktuelle Make up mattiert doch nicht so schön, wie sie dachte. Und deswegen würde sie gern, nach der Schule und vor Ikea, doch wohl noch eben nach einem Make up auf Puderbasis schauen wollen, dass den geforderten Ansprüchen eher entspricht. Im Übrigen sei der Fön kaputt und das Glätteisen für die Haare unauffindbar.

Ob das Pflaster, das ich ihr vorhin auf den Finger gemacht habe, auch sicher nicht an der Wunde kleben bleibt? Und hätte ich lieber einen Hund oder eine Katze? Aber wenn eine Katze, dann doch eine, die auch raus darf. Sonst ist das ja schrecklich für so ein armes Tier – andererseits besteht dann natürlich die Gefahr, dass die Katze überfahren wird? Kann man einer Katze Verkehrsregeln beibringen? Und kann meine liebe Tochter heute Abend das Auto haben?

„Zum Katzen überfahren?" habe ich gerade gefragt, und sie ist kopfschüttelnd aus dem Zimmer gegangen.

Es ist Zeit für meine Wolldecke, meine Mädchendecke mit Rosenknospen und Blüten drauf. So kitschig in rosa und rot, dass man beinahe blind davon wird. Aber sie ist weich und gemütlich und einfach, ja, kuschelig. Man kann sagen, diese Decke hat ihren festen Platz in meinem Leben. Wenn auch nicht an einer bestimmten Stelle in unserem Haushalt. Aber das geht den meisten unserer Besitztümer so, denn obwohl wir regelmäßig aufräumen und *ausmisten* und sortieren und stapeln und Sperrmüll bestellen, will das nicht so recht was werden mit der Ordnung bei uns. Es ist nicht so, dass wir im Chaos versinken, aber steril ist es bei uns auch nicht. Bewohnt, würde ich sagen, bewohnt sieht es meistens aus.

Ich habe immer Kisten und Dosen und Schachteln, die ich wunderschön finde und benutzen will, um bestimmte Dinge darin aufzubewaren. Schmuck, Briefe, Lesebrillen, Logikrätsel-Hefte und vieles mehr. Aber diese Dosen und Schachteln sind immer leer, das ist ganz merkwürdig. Und alles, was eigentlich in sie hinein sollte, liegt überall rum.

Wenn ich in die Küche gehe, um mir einen Cappuccino zu brühen und dort feststelle, ich habe meine schon benutzte Tasse im fernen Esszimmer neben meinem Laptop stehen lassen, nehme ich eine neue Tasse und wandere nicht nochmal zurück. So sammeln sich dann im Laufe eines Tages durchaus ein paar Tassen an. Auch meine Tochter beherrscht das Herbeizaubern von Durcheinander absolut perfekt. Sie muss da auch gar nichts für tun, es passiert einfach. Sagt sie.

AUFRÄUMARBEITEN

Ich lege in keiner Weise übertriebenen Wert auf das Aufräumen bei uns im Haus. Wirklich nicht. Schließlich lebe ich, wo ich wohne, Und das darf man auch sehen. Manchmal bin ich stundenlang geistig völlig abwesend, weil ich schreibe oder lese oder meine Fotos durchgehe oder neue Bilder mache, um für meinen Instagram Account neues Futter zu finden. Da kann ich natürlich nichts wegräumen und mir fällt auch nicht auf, wenn etwas herumliegt. Auch dann nicht, wenn etwas mehr herumliegt. Etwas viel mehr. Nein, das stört mich nicht.

Aber meine Tochter ist wie eine Splitterbombe. Sie betritt das Haus, und alles liegt sofort voll mit Zeug von ihr. Das ist ein faszinierender Vorgang, dem man mit bloßem Auge nicht folgen kann.

Ich habe schon häufig versucht zu ergründen, wie sie das macht. Wie sie in Sekundenbruchteilen sieben Paar Schuhe vor den großen Spiegel im Flur kriegt. Und alle Haken an der Garderobe mit Mänteln und Jacken füllt, Schals in riesigen Formaten nicht mitgezählt. Oder wie mindestens zehn verschiedene Pullover neben die acht Zeitungen auf das Parkett vor das Sofa im Esszimmer gelangen. Obendrauf mindestens ein leeres Joghurt-Töpfchen. Himbeergeschmack. Nicht zum Umrühren. Und viele viele Ferrero Küsschen-Papiere. Es bleibt ein Geheimnis, es passiert einfach.

Sie setzt sich irgendwo hin, und schon liegt alles voll. Mit Zeitungen, Handy, Laptop, Nagellackfläschchen, Bonbons, Handykabeln, CDs, Kinoprogrammen, Nagelfeilen, Büchern, Haarbändern und Make up-Utensilien nebst Spiegel. Manchmal sieht man gar nicht mehr auf Anhieb, dass meine Tochter da mittendrin sitzt.

Ich glaube, sie trägt die Sachen auch nicht dorthin, sie apparieren einfach, weil Harry Potter oder Dumbledore sie uns schicken. Hogwarts war bis unter die Decke der riesigen Halle komplett voll mit den Sachen meines Kindes. Oder vielleicht werden sie auch gebeamt. Von Captain Kirk aus der Enterprise. Weil meine Tochter vorher kurz dort war und da jetzt niemand mehr Platz hat.

Es ist ein wirkliches Mysterium. Ein Weltwunder. Das Achte dann ...

Hin und wieder denke ich, sie schnippt vielleicht auch nur mit den Fingern und alles rührt sich einmal um.

Einen Vorteil hat das Ganze allerdings. Man weiß immer direkt, wo das Kind gerade ist. Man folgt einfach nur dem Chaos. Irgendwo mittendrin werde ich ganz sicher fündig. Ich muss nur hier zehn Jeans beiseiteschieben und dort einen Bücherstapel verrücken. Notfalls kann ich sie auch auf dem Handy anrufen und dem Klingeln nachgehen. Falls man dahin gehen kann, wo es klingelt. Die Berge zu durchwandern, die sich um sie bilden, ist nichts für Feiglinge oder Menschen ohne besonders guten Gleichgewichtssinn.

Besondere Bedingungen gelten auch für das Badezimmer. Zum Glück haben wir zwei davon, sonst hätte das Ganze hin und wieder auch eine durchaus dramatische Note – weil man manchmal über Stunden hinweg diesen Ort nicht betreten kann.

Komme ich dann endlich rein ins Bad und sehe durch die Dampfschwaden hindurch zwei Duschlaken in der Wanne, zwei davor auf der Erde und zwei über der Heizung und zwei Flaschen Shampoo sowie mehrere Flaschen mit

Mittelchen gegen Haarbruch, Haarstress, Haaralterung, gegen Locken und gegen Spliss über dem Waschbecken auf der Ablage stehen, dazu einen Lady shave mit Ersatzklingen daneben im Waschbecken, drumherum verteilt Pinzette, Fön, Glätteisen und den 3 x 4 m-Korb mit Make up-Artikeln – dann weiß ich, mein Kind geht heute Abend aus.

Aber das Ergebnis kann sich immer mehr als sehen lassen!

Manchmal hilft nichts mehr außer dem totalen, wenn auch nur kurzzeitigen Rückzug. Zumal ich mich nicht um Dinge streiten möchte, die ich eigentlich nicht einmal für drittrangig halte.

Nichts hören, nichts sehen, nichts sagen. Durchatmen, an etwas Schönes denken und alleine sein, kann durchaus reizvoll sein – für eine Weile. Denn ich vermisse meine Lieben schnell.

Jedenfalls funktioniert das Alleinsein am allerbesten unter zwei Metern Schaum in meiner großen, hässlichen, steinalten, bahamabeigen Badewanne. Da versinke ich in Glückseligkeit, alles ist erlaubt. Und auf jeden Fall gehört es dazu, dass mein Sohn durch die geschlossene Tür brüllt: „Schwimm nicht zu weit raus, Mama." Der gute Junge.

Im Schaum schließe ich meine meist müden Augen und öffne das Tor in meine ganz private Welt. Wie man sich vorstellen kann, ist diese Welt groß und bunt und laut. Sie kennt durchaus auch leise Töne und kann unendlich traurig sein. Je nach meiner aktuellen Gemütslage – langweilig ist sie mir jedenfalls nie. Und sie gehört ganz mir, ich muss nichts darin teilen oder sauber machen, verstecken oder ändern. Manchmal frage ich mich, wenn ich so daliege, was wohl ein anderer Menschen denken oder empfinden würde, wenn er meine Welt betreten könnte. Das erschreckt mich, weil ich mir gar nicht sicher bin, was passieren würde. Das muss ja auch nicht sein, wer will schon einen anderen Menschen in seinem Kopf haben.

MAMA SCHÄUMT

Ich liebe meine Badewanne. Die Tür zum Bad verschlossen, ein Buch, ein bisschen Schokolade (am liebsten Katzenzungen) oder viele weiße und orange Gummibärchen. Das ist der Himmel in bahamabeige. Ja, ich gebe zu, genau wie mein Auto ist auch die Optik meines Badezimmers leicht betagt. Aber das stört mich nicht, ich sehe sozusagen darüber hinweg. Und man kann nicht abstreiten, dass es Charme hat, mein Bad. Es ist riesig groß, man kann vor dem Bad einen kleinen Spaziergang darin machen, und es hat unendlich viele Bohrlöcher in den alten Fliesen. Hier haben schon Generationen ihre Handtücher aufgehängt und ganz sicher jemand in den 1970ern seinen Spiegelschrank. Daran erinnere ich mich aus meiner Kinderzeit. Wir hatten natürlich auch einen, und zwar so aufgehängt, dass mein Vater nicht nur im Knien reinschauen konnte. Ergebnis: ich habe mich als Kind niemals, nicht ein einziges Mal, im Badezimmerspiegel gesehen. Wenn etwas nicht so ganz richtig laufen will, kann ich also immer sagen, ich hätte Defizite aus Kindertagen.

Ich schweife ab, ich war ja beim Baden. Am meisten mag ich den Schaum, wenn er sich richtig hoch oben auf dem Wasser türmt. Und riechen muss er gut und jeder anders. Lavendel, Limone, Orange, Afrika (ja, das gibt es als Geruch, Europa auch, genau wie Asien. Amerika gibt es nicht), Rose oder Gras ... Gras finde ich allerdings etwas merkwürdig. Man kann drüber laufen oder es rauchen, darin zu baden erscheint mir komisch. Probiert habe ich es aber natürlich trotzdem, und das Wasser färbte sich auf magische Weise grün.

Ich habe auch schon in blutrot gebadet, das Wasser sah aus, als hätte ich mir nach einem Massenmord die Hände gewaschen und die Axt gereinigt. *Wunschträume* hieß die Mischung aus Rosen, Mohn und noch irgendwas. Da hab ich mich schon gefragt, ob in der Firma für Badeschaum nicht vielleicht jemand einen leicht schrägen Humor hat.

Heute liege ich in zartem, unschuldigen Rosa. Wie ich es liebe. Die Fensterscheiben müssen beschlagen sein, die Handtücher riesig. Mama macht wieder den Puff aus dem Morgenland, sagt mein Sohn, politisch ganz unkorrekt.

Jedenfalls liege ich nun im Wasser, der Schaum bedeckt dezent die ein oder andere nicht ganz so perfekte Passage meines Körpers und lässt mich in dem Glauben, alles sei an Ort und Stelle. Nichts stört meine Kreise, es ist vollkommen ruhig, wenn ich nicht selber Radau mache. Und das habe ich ganz sicher nicht vor. Nicht hier, nicht jetzt, nicht im Mekka der Wärme und der guten Gerüche. Versonnen betrachte ich meine Nägel, die momentan wieder in meinem Lieblingsknallrot schillern. Das ist das Leben. Meine Gedanken schweifen zu immens wichtigen Themen. Bleibe ich bei diesem Rot oder nehme ich wieder schwarz? Zieh ich nachher den Jeansrock an oder den mit den Blümchen? Haben Gummibärchen eine Seele? Muss für eine Milka Kuhflecken-Schokolade eine Kuh sterben?

Ich lasse schnell nochmal heißes Wasser nachlaufen. Das macht warm und erhöht den Schaumberg. Wie schön!

Niemand quasselt mich voll, niemand will, dass ich eine Entschuldigung für die Schule schreibe, den Autoschlüssel suche, Brote schmiere, Pflaster klebe, Ratschläge gebe, Kontoauszüge ansehe, Haare zu etwas Besonderem flechte, Chucks wiederfinde, den Vogel füttere, mein schwarzes Top verleihe oder, alternativ, das Graue schnell noch eben wasche. Ich muss den Müll nicht rausbringen und nicht mit Oma telefonieren, niemand guckt über meine Schulter in mein Buch, liest ein paar Zeilen laut vor und wirft sich dann laut gackernd zu Boden. „Sowas liest du, Mama? Schäm dich!"

Nein, Mama schämt sich nicht, Mama schäumt. Mindestens zweimal pro Woche. Und in diesen magischen Momenten ist alles möglich.

In meiner Badewanne bin ich also nicht der Kapitän, aber doch alles, was ich sein möchte, und die Gedanken spinnen magische Träume. Manchmal gehe ich den Weg zurück bis zu meiner ersten große Liebe. Ich war neun, und er war Huckleberry Finn, der an den Ufern des Mississippi lebte. Verlassen habe ich ihn erst nach vielen gemeinsamen Jahren und zwar für Mister Spock vom Raumschiff Enterprise. Da war ich gerade 12 Jahre alt und musste leider schnell erfahren, dass ich eine Wiederholung der Serie sah und Mister Spock nicht unerheblich in die Jahre gekommen war. Das hat mich ziemlich ernüchtert. Aber wenn schon Träume, dann auch richtige, also habe ich mir Mister Spock wieder jung geträumt und war ganz sicher, ich würde seine reduzierte Gefühlswelt in Ordnung bringen können. Mister Spock, er ist Teil meines Lebens geblieben, all die Jahrzehnte hindurch. Noch heute greife ich an manchen Tagen ins Regal und schaue eine Enterprise DVD. Und, so albern all das, was ich dann sehe, auch heute erscheinen mag, ein Teil meines Herzens gehört noch immer nur ihm.

Aber man soll ja mehrere Eisen im Feuer haben. Darum gibt es noch etwas, das ich überaus gern tue, wenn es regnet oder ich alleine bin. Ich gucke schlechte Filme oder besser gesagt, spannende Filme, Action, Fantasy, Helden. Das kann so schrecklich schön sein.

FERNSEHABEND

Ich liege gern auf meinem Sofa und lasse mich entführen in die Welt der Helden, Mythen und Monster und der großen, ewigen Liebe. Das ist schön, das tue ich gern. Diese Entertainer aus dem Marvel- oder DC Comic-Universum erfreuen mich immer wieder.

Während mir unter der warmen Decke ein Stückchen Schokolade im Mund zerschmilzt, begleite ich Held und Heldin durch das ewige Eis und mir wird auch ein bisschen kalt. Wie schön sie bleiben trotz all der Entbehrungen – ich dagegen spüre schon jetzt, wie die Schokolade direkt von meiner Speiseröhre auf Bauch und Hüften wandert – das ist ein bisschen gruselig!

Ich seufze und rutsche auf dem Sofa etwas tiefer. Man kann ja auch im Liegen die Welt retten. Die Decke ziehe ich hoch bis zum Kinn, jetzt sind auch sämtliche Schokoladen-Baustellen hübsch versteckt. Der Held ist gerade heldenhaft, fast geht er mir einen Hauch auf die Nerven. Nur gut sein ist so recht nichts für mich. Deswegen liebe ich in den Thor-Filmen auch nicht Chris Hemsworth, sondern Tom Hiddleston, den gerade so fiesen Loki, dass er interessant ist.

Ja, die großen Männer der Comic-Welten. Batman springt mitten in mein Wohnzimmer, ich spüre, wie der Boden bebt. Batman mag ich. Vor allem, weil er so coole Dinge sagt. Aber ich kann mich nicht entscheiden, ob ich Wonderwoman sein möchte oder vielleicht doch lieber Lois Lane. Wobei mir Superman wieder zu gut ist. Da befürchte ich schnell Langeweile. Captain America aus der Marvel-Welt ist auch zu gut. Den könnte ich im echten Leben nicht ernst nehmen. Und dieser Schild mit der amerikanischen Flagge drauf ist selbst mir zu viel. Da kann ich nicht mitfiebern, da muss ich zu oft grinsen. Ironman ist schon eher mein Fall. Aber der hat, wie Batman, gar keine Superkräfte. Er ist nur so reich und klug, dass er alles kaufen oder bauen kann, was ihm in den Sinn kommt. Na ja, ist auch nicht schlecht, finde ich. Bruce Wayne (Batman) oder Tony Stark (Ironman) – heute habe ich wieder die Wahl. Und das gefällt mir.

Der Hulk kommt mir in den Sinn und damit die Frage aller Fragen: Warum reißt es dem schmächtigen Nuklearphysiker Dr. Bruce Banner sämtliche Kleidung vom Leib außer den Hosen, wenn er sich in den riesigen, grünen Hulk verwandelt? Und wohin verschwindet seine Brille so lange? Das mit der Hose kann ich ja noch verstehen, wer will schon sehen, was ein grüner Riese drunter trägt? Aber die Sache mit der Brille lässt mir keine Ruhe. Wo bleibt das Ding, bis Hulk wieder Banner wird?

Bei Brille denke ich auch an Superman. Er zieht sich seit vielen Jahrzehnten in einer Telefonzelle die Hose aus, wobei auch immer, auf unerklärliche Weise, seine Brille verschwindet. Und der größte Witz für mich ist, dass ihn ohne Brille niemand mehr erkennt. Das fasziniert mich. Wie kann das sein? „Mama", sagt der Sohn, „Mama, das sind Comicverfilmungen, lass das doch mit der Logik." Und deswegen muss ich akzeptieren, dass Superman auf dem Weg in die Zelle schon sein Hemd aufreißt und kein Knopf fliegt durch die Gegend und seine Brille ist einfach weg? Das ist schwierig.

Und wie geht Superman auf's Klo? Oder Ironman? Spiderman? Deadpool? Die haben alle so bunte Einteiler an, wie machen die das? Oder müssen Superhelden nicht auf's Klo? Kann ja sein. Wenn nicht, dann haben sie wirklich Glück. Denn das stelle ich mir doch umständlich vor, ganz ehrlich. Aber eigentlich stelle ich es mir auch lieber nicht vor, irgendwie nimmt das dem Helden doch das gewisse Etwas. Aber wenn sie auf's Klo müssten – nur angenommen – wie kriegt dann der Hulk die Hosen runter? Die kleben ja an ihm wie Gift, ganz offensichtlich.

Und so liege ich an verregneten Nachmittagen auf meinem Sofa und gehe vollkommen auf in den alltäglichen Problemen der nicht alltäglichen Helden.

Helden – die gibt es in freier realer Wildbahn nämlich gar nicht. Leider. Dabei käme der eine oder andere dieser Spezies mir manchmal gerade recht – immer dann, wenn die real existierenden Männer wieder beweisen, was für Knalltüten sie sind. Andererseits frage ich mich, wenn ich dies schreibe, direkt, wo für meine Freundinnen und mich denn der Spaß bliebe, wenn wir uns nicht über Männer aufregen könnten. Das wäre in der Tat ziemlich langweilig, obwohl wir sehr kreativ sind, was unsere Gesprächsthemen betrifft. Wir sind auch stets der Tatsache eingedenk, dass viel von dem, was wir so verkünden, wenn wir in freundschaftlicher Runde sind, absolut furchtbar und nicht korrekt ist. Aber wo bleibt der Spaß, wenn man immer nur politisch korrekt, mit leiser Stimme und passenden, gemäßigten Worten über eng gefasste Tatsachen spricht?

Selbstverständlich werden auch unsere eigenen Defizite jedes Mal wieder auf's Neue gründlich beleuchtet. Wie sind eben immer fair und wissen, dass wir quasi die Petrischalen für die Männerwelt sind. Ha, das wird allen gefallen. Wir und Petrischalen … ortsgebundene Mikroorganismen, die sich durch das Bilden von Kolonien vermehren. Und in diese Kolonien wandert dann der männliche Held. Gut, dass ich schon liege, sonst würde ich jetzt vor Lachen umfallen. Meine lieben Schwestern im Geiste werden mich steinigen, wenn unsere Kolonie das nächste Mal zusammentrifft. Wegen des Vergleichs mit den Mikroorganismen. Da werde ich viel Weißwein zur Schadensbegrenzung brauchen.

Wie traurig, denke ich kichernd, dass ausgerechnet meine Jeans eher makro ist.

HELDEN

Meine Jeans ist nur ein praktisches Kleidungsstück, das mich schon glücklich macht, wenn ich den Reißverschluss schließen kann und kein optisches Erlebnis für die Männer dieser Stadt.

Aber ich würde gerne anders sein, ganz anders.

Mein Traum war es immer, mit einer Brille auf der Nase noch den gewissen Charme zu haben und nicht auszusehen wie eine jungfräuliche Lehrerin für Kunst und Handarbeiten. Das ist mir nie gelungen. Heutzutage lege ich noch einen drauf und sehe aus wie die Mutter der jungfräulichen Lehrerin. In Würde zu altern ist auch so eine Sache. Aber davon erzähle ich ein anderes Mal. Heute sprechen wir über Helden.

Ab und an ziehe ich mich zurück in das Reich jener Bücher, in denen die Männer gut geformte, muskulöse Schenkel und breite Schultern haben, meistens nicht zuhause sind, sondern Drachen töten und nur für besonders heftige Ekstasen zur Heldin, die ihnen maximal bis an den unteren Rippenbogen reicht, heimkehren. Da liege ich auf meinem Sofa in der Jeans, die über Nacht wieder geschrumpft ist und lächle in mich hinein. Manchmal seufze ich auch. Am heftigsten, wenn der Held die holde Maid von dannen trägt und sie ihm einen scheuen Blick schenkt. Das waren doch noch Perspektiven, da wusste man, wo man hingeschleppt wurde und wofür. Und war man den Typen leid, ging er Bären töten, Drachen jagen, Sklaven befreien oder einfach ein bisschen irgendwo kämpfen.

Unwillkürlich denke ich an Rippenbögen – meinen sieht man schon lange nicht mehr. Ihn bedeckt, wie Schnee das Grab des treuen Hundes, eine sanfte Schicht aus Frustfett und dickem Pullover. Weil mir, zu allem Überfluss, auch noch ewig kalt ist. „Du hast eine prima Figur", sagt mein Sohn, „unter der Speckschicht". Liebe ich mein Kind?

Ich kenne ja die Wirklichkeit auch genau. Nicht nur, dass ich nicht zum Wegschleppen aussehe, selbst, wenn ich es täte, würde keiner kommen und es tun. Denn der Held, der Feuer machte und dem bösen Bären das nötige Holz dafür entriss, der wartet heute in seinem aufgemotzten Potenzverlängerungs-Ford mit Sitzheizung am McDrive. Und für den will ich auch gar nicht seufzen.

Helden haben wir hier nämlich nicht mehr, Helden sind aus. Weil alle Drachen tot sind. Die sind sicher irgendwann an Langeweile gestorben. Mal ehrlich, das, was heute einer Prinzessin am nächsten kommt, das will doch kein anständiger Drache mehr entführen. Und einen Helden, der vor ihm steht und googelt, wo denn die am nächsten gelegene Drachenberatungsstelle zu erreichen ist, den will man auch nicht fressen.

„Moderne Helden für moderne Frauen", sagt meine toughe Tochter und grinst selbständig. Frau steht heutzutage sowieso nicht mehr auf solche Typen. Frau will verstanden sein und Blumen kriegen. Ich nicht. Ganz ehrlich. Warum sollte man mich verstehen? Und Blumen? Muss auch nicht sein.

Leider hatte ich schon immer einen Hang zu Helden. Zu Machos und deren grandiosem Gockelgehabe. Die amüsieren mich, die ziehen mich an wie Licht. Na ja, es muss schließlich auch Frauen wie mich geben, sonst wäre die Welt voller Frieden, Verständnis, Blumen und Ikebana-Partnerschaftskursen. Wie öde wäre das denn, bitte?

Angst muss man in diesen Zeiten auch nicht haben. Das weiß ich ganz sicher. Wenn man „buh" macht, laufen sie doch weg, die neuen Helden. Weil es ja keine Helden mehr sind. Sie sehen vielleicht ein bisschen so aus, aber sie sind es nicht.

Helden des Alltags also, statt echter Helden. Das sind die, die pro Monat mindestens fünfzig Omas die Einkaufstasche tragen oder freiwillig an Flussufern Papier aufsammeln. Das machen sie mit einer Greifzange, die einen langen Arm hat. Damit der Held sich nicht bücken oder sogar das ekelige Papier anfassen muss. Das wäre schlimm, das sehe ich ein. Na ja, ich habe ja schon gesagt, wahre Helden gibt es nicht mehr. Oder so gut wie nicht mehr. Mag sein, dass irgendwo noch einer frei herumläuft, aber den werde ich wohl nicht mehr einfangen. Obwohl ich immer wieder Lust dazu verspüre, ganz ehrlich. Weil ich zu gerne wissen würde, wie ist ein Held im Alltag? Bleibt er Held? Und wenn es so ist, wie macht sich das bemerkbar? Fliegt Superman zum Zähne putzen ins Badezimmer und klebt Spiderman beim Fernsehen an der Zimmerdecke? Würde Batman immer gleich düster blicken, seine Vergangenheit betrachten und mich aus vermeintlich misslichen Situationen retten?

Und würde der Hulk regelmäßig mein Haus zerlegen, weil er von einem schlechten Traum auch riesig und grün wird? Will ich das? Oder, besser gefragt, würde ich das wollen? Eigentlich, glaube ich, nicht. Aber wenn so ein Gatte viel zum Welt retten unterwegs wäre, hätte ich natürlich viel Freiraum und könnte tun, was ich mag. Wenn er dann zuhause wäre, hätte ich ihn vermisst und würde mich freuen, ihn um mich zu haben. So gesehen, könnte so ein heldenhafter Ehemann durchaus doch ein Gewinn sein.

Dieses Thema gibt jetzt nicht mehr wirklich was her, merke ich, nehme ein neues Tagebuch in die Hand und bin direkt wieder in einer anderen Welt.

Meine geliebte Tante, Schwester meines Lehrervaters, lebt seit Jahrzehnten in Holland und ich liebe sie. Sie ist meine Muttertante, weil sie immer für mich da war (und noch ist). Meine Eltern sind jung gestorben, als ich noch ein Kind war. Und sie hat mich behütet und beschützt, mit mir geschimpft und mir zugehört.

Wenn wir meine Tante besuchen, was wir so oft wie möglich tun, haben wir alle viel Spaß und (zumindest sie und ich) auch meist einen leicht erhöhten Alkoholpegel. „Kind, das schreit nach einem Gläschen Freixenet!"

SO
IST DAS NUN EINMAL

Manchmal treffen einen Erkenntnisse wie der berühmte Blitz. Mir ist das vor ein paar Tagen auch so gegangen. In Holland, die Muttertante besuchen. Und das kam so:

Ich sitze mit dem Sohn, der Tochter und der Oma (also meiner Muttertante) in den letzten Sonnenstrahlen am Meer. Im Lieblingsrestaurant, an der Lieblingsstelle. Und wehe, da hätte schon jemand anderes gesessen. Dann hätte meine Tante mit diesem abstrafenden Blick geguckt, der die Welt in ihren Grundfesten erschüttern kann. Ich atme auf, weil keiner da sitzt.

Meine Tochter murmelt ihrem Bruder zu. „Frei. Da bleibt uns der Blick erspart von den beiden."

Von den beiden? Ist dem Kinde nicht wohl? Was soll das heißen?

Na, wir setzen uns erstmal.

Muttertante bemängelt, dass das Kissen in ihrem Sessel eine langweilige graue Farbe hat, die schönen bunten liegen am Nachbartisch. Sie will davon eines und nicht das graue. Ist mir auch schon aufgefallen und ich greife bereits nach zwei knallblauen Kissen, um sie zu tauschen. „Mann, die Farbe ist doch total wurscht", murmelt der Sohn. Klar, der lehnt auch an einem schönen grünen Kissen.

Eigentlich wollen wir nichts essen, tun es dann aber natürlich doch. Dazu muss man sagen, dass die Muttertante seit 40 Jahren auf Diät ist. Aber ihr Lieblingsspruch ist „Diet is die with a t". Hängt auch an meinem Kühlschrank.

Sie interpretiert auch Diäten generell eher großzügig. „Von allem immer nur eins nehmen", sagt sie, „eine Erbse, eine Kartoffel, ein Erdnussflip, ein Glas Weißwein ..." Und dann, wir beide im Chor: „Bei McDonalds von jeder Sorte Burger auch nur einen!" und krümmen uns vor Lachen.

Die Kinder blicken sich schweigend an.

Ich gehe auch wieder rein ins Restaurant und tue so, als würde ich eine Postkarte aussuchen. Denn neben den Ständern mit den bunten Bildern von Möwen, Meer und Sonne steht „der Pott". Eine riesige Glasschale mit Königin Wilhelmina Pfefferminzbonbons. Für Kunden, die sich beim Bezahlen gern einen nehmen möchten. Einen? Ich blicke mich um und stecke mir verboten viele in die Jackentasche.

Als ich wieder bei meinen Lieben bin, gucken meine Kinder strafend. „Haste wieder Wilhelmina geklaut?" murmelt der Sohn und grinst. Ich nicke beschämt. Beide Kinder deuten zur Oma hinüber und schnauben: „Sie auch!" Meine Tante schaut fröhlich und vollkommen unbeteiligt. Wahrscheinlich hört sie uns wieder gar nicht zu.

„Mamaaaaaaaa", brüllt in dem Moment eines der Kinder in mein Ohr, „haste wieder mal nicht hingehört? Ich rede mit dir."

Wir begucken Leute. Das liebe ich. Aber meine Kinder schämen sich. Weil ich, wie sie behaupten, immer viel zu laut was anzumerken habe. Finde ich gar nicht, ich flüster doch ganz dezent. In dem Moment brüllt meine Tante: „Siehst du diese Irren mit den Rucksäcken, die hier in Herden am Meer rumwandern, der ganze Trupp da vorne, die haben alle nagelneue Chucks an. Laufen die jetzt Reklame oder was?"

„Lieblingsmuttertante", hauche ich, „red doch nicht so laut!" Sie ist entrüstet, sie hat doch so leise gesprochen. Ich seufze ergeben.

Und dann kommt das Essen. Jeder der vier Teller ist nett mit ein bisschen Gurke, Tomate und Petersilie dekoriert. „Oh, Karnickelfutter!" rufen wir im Chor.

Und da war mir klar – ich bin wie sie. Keine Ahnung, wie das passieren konnte!

Daran habe ich mich längst gewöhnt, dass jeder sagt, ich sehe aus wie sie und irgendwann werde ich komplett sein wie sie. Ergeben zucke ich in meiner Ecke vor dem Schrank mit den Schultern, dann ist das eben so. Ich kann mir Schlimmeres vorstellen. Es fällt mir nur gerade nichts ein. Nein, das ist Unsinn. Meine Muttertante ist genau richtig so, wie sie nun mal ist.

Und sie versteht mich wirklich, weil sie ja denkt wie ich. Wenn man in einen Spiegel schaut, kann das schön sein, weil man sich selber wenig bis nichts erklären muss. Wir sind meistens einer Meinung und können zusammen lachen.

Es kann auch kompliziert sein, weil man in dem Gegenüber auch die Eigenarten wiederfindet, die man an sich nicht leiden kann. Dann nämlich finde ich direkt, auf einen Schlag, zwei Leute unangenehm – meine Tante und mich.

Aber jetzt blicke ich gerade auf eine Geschichte und erinnere mich, wie ich ihr von dem Tag erzählt habe und weiß noch jetzt ihre blumigen Metaphern zum Thema zu schätzen.

PARALLELE UNIVERSEN

Ich glaube, dass man mit dem eigenen Aussehen nie wirklich zufrieden ist und immer genau möchte, was die Natur für einen nicht vorgesehen hat. Die Sehnsucht ist da vollkommen irrational. Meine schiefen Zähne haben mich nie gestört, aber meine *der Dackel ist schon länger verstorben*-braunen Haare habe ich immer gehasst. Und dabei fallen die Zähne ganz sicher mehr auf, als die total normalen, durchschnittlichen Haare.

Da wäre auch das etwas prekäre Thema Brüste. Davon habe ich in meinen Augen absolut viel mehr als nötig. Nicht zahlenmäßig, größenmäßig. Was würde ich für ein Paar kleiner Brüste geben! Ganz sicher zuerst einmal mein Paar großer Brüste und noch ein bisschen was dazu. Wäre mein Busen auch nur einen Zentimeter größer, müsste ich wahrscheinlich auf allen Vieren laufen, weil die Schwerkraft keine andere Lösung mehr bietet.

Mein Verstand, Gott schütze ihn die meiste Zeit, kann aber, neben meinen körperlichen Defiziten, auch hinderlich sein. Ich durchschaue viel zu schnell Geschwafel oder zweckgebundene Komplimente, manches finde ich einfach direkt dumm, anderes wiederum nur absurd. Kurz gesagt, viele Dinge sehe ich nicht in diesem rosa Licht und in gutem Glauben. Mein Gehirn seziert immer direkt und will dann nicht mehr mitspielen. Das verdirbt einem oft den Spaß oder man hat ihn an vollkommen unangebrachter Stelle.

Letztens war ich in einer Parfümerie. Allein dieses Wort schreckt mich auf, ich sehe Glitzer und überteuerte Dinge, die niemand braucht. Ich auch nicht, aber zumindest mein Parfum will und brauche ich. Und weil ich ausschließlich (alle guten Geister und toleranten Frauen mögen mir verzeihen) Chanel No. 5 benutze, muss ich in regelmäßigen Intervallen jemanden finden, der mir etwas schenken möchte oder ich muss halt in eine Parfümerie.

Ich betrete eine solche und es schwebt mir direkt eine stark angemalte und stylish gefönte Elfe entgegen, die ein geschickt geschlungenes Halstuch trägt. Ihre krallenartigen, gebogenen Fingernägel in tiefstem magentarot bohren sich förmlich in meinen Verstand. „Was kann ich für Sie tun?" fragt sie in diesem Ton, der direkt zeigt, dass man, außer notschlachten, für mich sowieso nichts mehr tun kann.

„Ich hätte gerne Chanel No 5, Parfüm", sage ich gelassen und lächle freundlich. Das gepimpte Naturereignis nickt wissend. „Ah, für die ältere Dame der perfekte Geruch", sagt sie. „Ey Schnepfe, ich benutze das Parfüm schon seit ich 20 bin" möchte ich rufen, unterlasse es aber und sage stattdessen mit breitem Grinsen: „Und? Mögen Sie es dann an sich auch?" Elflein erstarrt, darf aber ja eine Kundin nicht schlagen. Eins zu null für mich. Mir geht es direkt besser. „Wir haben 30 ml, 50 ml, 100 ml und eine Sondergröße von 5ml. Für den kleinen Geldbeutel", krieg ich um die Ohren gehauen. Schnepfe will den Ring nicht verlassen. „Mein Geldbeutel ist allemal größer als dein Gehirn, Pute", denke ich und sage: „Oh, das ist nett von Ihnen, aber ich konnte in der Schule gut aufpassen, das merkt man dann später am Geldbeutel. 50 ml bitte." Sie greift halbherzig nach dem 50 ml-Flakon. „Wenn man so klein ist wie ich, kommt man nicht immer an alles hier in den Regalen", säuselt sie und blickt mich alte Riesin (immerhin über 160 cm, wenn auch unter der 170er Marke) feixend an. „Zwergenwuchs an Körper und Hirn, du alte

Kröte", schlucke ich runter. „Wie praktisch da doch diese kleinen Höckerchen sind, nicht wahr?" flöte ich zurück und deute auf so ein fahrbares Schemelchen in latexrosa.

Schnepfe gibt endlich auf, hoffe ich. Sie stellt sich auf die Zehenspitzen und nimmt das Parfüm aus dem Regal, tänzelt damit zur Kasse. Dort gibt sie den Preis in die Kasse ein und schaut mich an: „Wäre ja auch ein nettes Geschenk", krächzt sie, voller Freude, dass ihr dieser vermeintliche Tiefschlag noch eingefallen ist. „Oh ja", antworte ich, „aber meinem Freund sind so kleine Geschenke immer etwas unangenehm. Deswegen kaufe ich mir diese Dinge dann selber!"

Erhobenen Hauptes und eindeutig als Sieger nach Punkten verlasse ich das Etablissement und freue mich nicht auf das nächste Mal!

Das sind die großen Kino-Momente im Leben, wenn man spontan und auf den Punkt gebracht antworten kann. Meistens fällt mir erst abends im Bett die perfekte Retourkutsche ein, ziemlich genau dann, wenn ich sie überhaupt nicht mehr brauche. Das geht hin und wieder sogar so weit, dass ich erst Stunden später die Bemerkung meines Gegenübers als fiese Beleidigung erkenne. Subtil verpackt und mit einem freundlichen Lächeln rüber gereicht. Da wünsche ich mir immer, ich könnte mich einfach zur Seite drehen, das Ganze vergessen und selig schlafen, weil es mich einfach nicht mehr interessiert, was irgendwer, der mir total egal ist, im Laufe des Tages gesagt hat. Aber leider fange ich dann an, mich zu ärgern, was ebenso überflüssig wie vollkommen sinnlos ist. Aber zumindest der Dame beim Parfümkauf habe ich gezeigt, dass ich mich durchsetzen kann. Man sollte sich an den kleinen Siegen erfreuen und den Rest einfach wegpacken.

Recht zufrieden mit mir blättere ich weiter – und erinnere mich direkt. Das war die Teenie Phase der Kinder. Als sie anfingen, nicht mehr alles an mir bravourös zu finden und versuchten, mir die neue bunte Welt, ihre Welt, zu erklären. Neue Sachen wie Facebook oder mp3 Dateien.

GESICHTSBUCH

Ich bin bei Facebook. Weil ich mit der Zeit gehe und, vor allem, weil meine Freunde sich praktischerweise über den halben Erdball verteilt haben. Von New Orleans bis München, von Köln bis Dresden, von Brüssel über Amsterdam und London bis New York. Da ist Facebook optimal, hat meine Freundin Erika aus New York mir erklärt. Und dass wir nicht Oma sind und das jetzt voll cool angehen und chatten ohne Ende.

Also habe ich mich angemeldet, ging auch ganz prima. Total easy eben. Nur habe ich dann erst nicht verstanden, was was ist und warum auf meiner FB-Seite Dinge von Leuten stehen, die ich noch nie in meinem Leben bewusst wahrgenommen habe. Das fand ich merkwürdig. Aber wozu hat frau Kinder? „Pass auf, Mama, ich erkläre dir das jetzt nochmal", hat meine Tochter gesagt, hat Facebook aufgerufen und mir die Sache mit der Startseite und meiner eigenen Seite und den Nachrichten und dem Anstupsen und dem auf die Pinnwand posten und den Freundschaftsanfragen von Fremden erklärt. Ja, finde ich alles prima – kapiert habe ich es allerdings nicht so wirklich. Erika hatte zwischenzeitlich sowieso schon das Handtuch geworfen und mir eine veraltete eMail geschrieben.

Eine Bekannte schickt mir eine Nachricht, die irgendwie zeitgleich an zwei Stellen auftauchte. „Weil du ja online bist", sagt meine Tochter. Dann erscheint die Nachricht nämlich in der Chatleiste. „Aber du kannst dich auch unsichtbar machen, dann ist dieselbe Nachricht nur noch eine Nachricht". Auf die ich genauso antworten kann, als wäre es ein Chat. Nur ist es eben, wenn ich unsichtbar bin, eine Nachricht und kein Chat. Hmm – ja klar. Es kommt, während wir noch üben, eine Nachricht von Maude. „Hallo Liebes, ich schreibe dir dann jetzt bei ikp". Oh prima, das freut mich! Aber was ist ikp? „Kind", frage ich, „was ist ikp?" „Woher soll ich das wissen", kommt als Antwort, „das muss Ommakram sein, das kenne ich nicht". „Liebe Maude", tippe ich „was ist ikp?" „Hast du doch vor ein paar Tagen erfunden", schreibt sie zurück, „hast du das schon wieder vergessen? Facebook findest du doof, du nennst es also lieber wie …?" Ach Gottchen, ja. Ikp – internationaleKommunikationsPlattform. Das fand ich lustig, bevor ich wusste, wie schwierig ikpFacebook doch ist.

Aber es gibt im Moment Fragen von höherer Wichtigkeit. „Warum sollte ich unsichtbar sein, wenn ich doch da bin?" frage ich. Meine Tochter seufzt. „Weil du vielleicht nicht mit allen chatten möchtest, sondern nur mit einem oder zwei Leuten." „Schreiben mir denn die, die ich nicht kenne, auch?" frage ich. Wieder verdreht sie die Augen. „Wenn du sie als Freunde annimmst, ja", antwortet sie, „andere sehen deine Seite nicht".

Sehen meine Seite nicht? Ist sie denn unsichtbar, so wie ich? „Man sieht deine Seite nur, wenn man mit dir befreundet ist. Das habe ich so eingestellt", bemüht sich das Kind. Man sieht mich nur, wenn man mit mir befreundet ist? Aber wie kann man mit mir befreundet werden, wenn man mich nicht sieht? „Mama!" kommt es drohend. Ich sehe schon, es ziehen Gewitterwolken auf. „Ein bisschen was sieht man, dass du hier bei Facebook bist, zum Beispiel." Ach so, ja dann. Dann ist alles klar. Oder? Aber ich bin doch unsichtbar.

Manche Fragen lassen mir keine Ruhe.

Wenn ich was poste, das sieht jeder? Und wohin poste ich das denn? Auf meine unsichtbare Seite? Warum poste ich denn, wenn es niemand sieht?

Irgendwann habe ich dann aber doch alles irgendwie verinnerlicht. Und aufgeatmet. Sichtbar aufgeatmet. „Und nun, Mama", sagt meine liebe Tochter, „nun kommt die Timeline, und da sieht alles wieder ganz anders aus. Aber das schaffst du schon."

Ich geh dann jetzt telefonieren …

Kommunikation liebe ich, in jeder Form, zu jeder Zeit. Und deswegen mag ich auch all die vielen Möglichkeiten, das zu tun. Meine erste eMail – die ging an meine Muttertante in Holland und war eine regelrechte Offenbarung. Ich schrieb und sie antwortete direkt. Wir haben uns ganze Nächte gemailt und waren glücklich. Das war so etwa Ende 1999. Für das Verschicken jeder Mail musste man sich neu ins Internet einwählen. Den Ton habe ich heute noch im Ohr. Pilimmpilamm. Da saß ich vor so einem riesigen, dicken Bildschirm, und starrte auf den Maileingang. Manchmal habe ich beim Warten auch

Blinky Bill gespielt, den liebten meine Kinder. Wenn wir uns das Spiel oder auch eine Folge dieser Serie heute ansehen, herrscht betretenes Schweigen, und wir blicken uns nur an. Das war furchtbar und hochgradig albern, schlecht gemacht und einfallslos. Das haben wir gemocht, und ich habe es immer per Videorecorder aufgenommen, damit es zu kinderkompatibler Zeit geguckt werden konnte? Ehrlich jetzt? Ja, ehrlich.

Blinky ist also Geschichte, und es gibt immer wieder Neuigkeiten, auf die man sich stürzen kann. Das liebe ich. Neue Erfahrungen kann man nicht genug machen, meine ich.

Es gibt nur ein neues Medium, mit dem ich mich nicht so ganz anfreunden kann, dem eBook Reader. Der riecht mir nicht genug nach Buch. Er wird benutzt, weil er oft praktisch ist, aber im Alltag greife ich noch immer eisern zum *normalen Buch* oder auch zum Hörbuch.

ICH MACH
MP3

Ich lese viel. Am liebsten immer und überall. Weil das aber nicht geht, höre ich beim Putzen, Kochen, Wischen, Falten, Bügeln oder Räumen einfach Bücher. Das ist prima. Stöpsel ins Ohr, mp3-Player in die Hosentasche meiner Jeans und Feudel schwingen.

Aber dazu müssen die Geschichten, wie man so sagt, im mp3-Format vorhanden sein. Manche sind das, manche nicht. Ich will immer das hören, was gerade nun nicht in mp3 ist. War ja eigentlich klar.

Aber, ganz die toughe Frau von Welt, downloade ich mir einen mp3 Converter. Es fängt an damit, dass ich ein lame plugin zusätzlich runterladen soll. Ein was, bitte? Gut, das kann ich mir suchen (weil ich die Worte einfach kopiere und dann google, dann kommt downloaden (ich liebe dieses Wort). Das ist auch klasse, jetzt habe ich zwei, nicht miteinander verbundene Downloads, die mir somit nichts nutzen. Der eine kennt den anderen ja nicht. Und ich beide nicht. Ganz langsam kribbelt es schon in meinen Fingern und mein linkes Augenlid beginnt zu zucken. Wie lange, bitte, soll der Hype hier denn dauern? Dann mach ich erst das, was ich immer mache, wenn mir am PC so gar nichts mehr einfällt: runter- und wieder rauffahren. Magischerweise klappt das oft.

Diesmal scheint es, auf den ersten Blick, auch wieder ein Treffer zu sein, denn es geht direkt los mit dem *grabben* der Dateien. Prima, also irgendwas passiert. Was auch immer, ich werde es erleben. Das CD-Laufwerk rattert, als würden alle Daten mit der Drahtbürste abgezogen. Nach einer Weile ist dann alles fertig. Sagt das Programm. Aber wo hat es das Fertige hingetan? Mein Auge zuckt schon wieder.

Dann nehme ich meinen Verstand in beide Hände und helfe ihm denken. Wo grabbt man hin? Weiß ich nicht, habe ich noch nie gemacht. Nächste Frage: wohin würde mein Laptop grabben? Weiß ich genauso wenig. Wenn das hier nichts wird, dann grabe ich ihn im Garten ein. Neben der lila Hortensie, die ich vor Jahren gepflanzt habe und die seitdem nie geblüht hat und nicht einen Zentimeter gewachsen ist. Aber auch nicht sterben will. Die regt mich auch auf.

Nach einer Weile habe ich alles gefunden. In *eigene Dateien*, was ja logisch war. Gut also. Das sind aber *ogg* Dateien. Keine Ahnung, was das ist.

„Mama, du musst das in mp3 konvertieren", sagt mein Sohn, während er um den Tisch herum schlumpft, an dem ich gerade kurz vor der Explosion stehe. „Wenn du nicht zur Adoption freigegeben werden willst, dann geh hier weg", raunze ich, und das Kind verzieht sich (allerdings nicht, ohne sich vorher grinsend mit zwei Fingern in der Herzgegend auf die Brust zu klopfen).

Ich könnte den ganzen Mist aus dem Fenster werfen, ohne es vorher zu öffnen. Solche Aktionen hasse ich aus tiefster Seele. Mein zweiter Vorname ist nicht Geduld. Warum auch? Dinge sollen funktionieren, wenn ich es will und fertig.

Aber nichts funktioniert, und ich krieg meine Wut!

Der rothaarige Schlumpf weiß die Zeichen zu deuten. Er schubst mich schweigend vom Stuhl und stellt mir in Sekunden alles ein. Und er grinst nicht das kleinste bisschen. Er kennt das, es ist eng ...

„Ist so teuer, wenn du alles in den Garten wirfst", sagt er hinterher.

Da hat er recht. Und ich stöpsel mir jetzt ein Buch in die Ohren und geh putzen.

Es ist schon erstaunlich, was mir alles so in den Sinn kommt an diesem Nachmittag. In jenen Zeiten habe ich mich in regelmäßigen Intervallen auch immer wieder berufen gefühlt, uns nicht nur korrekt zu ernähren, sondern auch Struktur in unseren Alltag zu bringen, jedem seine festen Aufgaben zuzuteilen und Ordnung zu halten. Wo das endete, kann man sich vorstellen – mein Sohn nahm das Ganze gar nicht bewusst wahr, und meine Tochter hatte eine Schleife von Gegenargumenten.

Normalerweise befindet man sich, wenn man kleine Kinder hat, in einer Art Kokon mit Schicksalsgenossinnen und deren Nachwuchs. Und ebenso normal tauscht man sich aus. Schnell gibt es dann zwei Gruppen – die, denen alles zu gelingen scheint, ob gesunde Ernährung, das Erreichen des eigenen idealen Gewichts, das stundenweise wieder Arbeiten, das Glücklichmachen des jungen Vaters. Und dann gibt es die, mit denen man enge Freundschaft schließt. Denn nur mit ihnen kann man über Wabbelbäuche, mit der eigenen Nagelschere selbst geschnittene Frisuren (oder wie immer man das Ergebnis nennen sollte), Schlafentzug, Pommes Frites als Grundnahrungsmittel, Geldmangel und schreiende Kinder reden. Die Kinder werden größer, die Illusionen kleiner. Passt doch, sagt Maude.

FAMILY GUY

Heute teilte Freundin Kristina mir mit, dass sie künftig ihren Mutterpflichten wieder in umfassenderem Maße nachkommen wolle. Vor allem auf die korrekte Erziehung der vorhandenen Kinder und der daraus dann resultierenden Disziplin müsse sie vermehrt ihr Augenmerk richten.

Für den Laien klingt das verwirrend, ich wusste sofort, was sie meinte. Weil ich eben diesen Entschluss auch bereits mehrfach getroffen und wieder verworfen habe.

Jede Mutter unterliegt im Laufe der Dekaden einem gewissen Verschleiß, dagegen kann man schlicht nichts machen. Mit müden Händen hebt man selber das Handtuch im Bad auf und putzt, nur leise seufzend, durch das mit Zahnpasta verschmierte Waschbecken, um dann in der Küche einen Lappen zu suchen, mit dem man die Marmelade vom Tisch wischen kann. Dabei fällt in der Regel das, wie üblich exakt auf der äußersten Kante des Tisches schwankende Messer mit der restlichen Butter dran, auf den natürlich nicht gewischten Fliesenboden.

Direkt neben die kleine, vertrocknete Erbse vom letzten Mittagessen.

Auf einen Stuhl sinken kann man nicht, es ist keiner frei. Bügelwäsche, Kind, mehrere Schultaschen, Kind ... so in etwa ist meist die Verteilung.

Also macht Mama sich auf den Weg in den Flur, um die schmutzige Wäsche vom Fußboden aufzusammeln. Und sie gleich wieder fallen zu lassen, weil sie erstmal in das andere Badezimmer gehen muss. Auf meine Frage, wer immer die Handtücher schwarz anmalt, habe ich strahlend die Antwort „der heilige Geist" bekommen. Seitdem frage ich nicht mehr.

Neben diesen Dingen wären da noch die Themen Hausaufgaben, Handyrechnung, World of Warcraft-Spielzeit, Vokabeln abhören, wann man mit 16 Jahren abends nach Hause kommen sollte, regelmäßige Waschungen (männliches Kind) und überdimensionierte morgendliche Schminkzeiten (weibliches Kind).

Ungeklärt ist auch die Frage, wer immer wieder leere Flaschen in den Kühlschrank zurückstellt, wer Krümelmuster in die Butter malt und wie es passieren kann, dass sieben feuchte, schmutzige Handtücher, die allesamt kleben, in der Wanne liegen – wieso man es nicht merkt, wenn die Zahnpastatube im männlichen Bad bereits einige Tage leer ist oder warum das Deo im selben Bad magischerweise niemals alle wird.

Warum Gemüse essen nicht gegen die Menschenrechtskonventionen verstößt und Amnesty International nicht tätig wird, wenn man mehr als sieben Schulstunden am Stück hat, blieb bisher auch ungeklärt. Ebenso unbeantwortet ist die Frage, wie es sich läuft auf einer ein Meter dicken Schicht aus Kleidung auf dem Fußboden und warum es Sinn machen könnte, wenn man vom eigenen Zimmer aus in den Garten raus kann, abends zumindest Bücher und vielleicht das Geschirr wieder in das Haus reinzutragen ...

Kurz, es gibt unzählige Themen in unseren vier Wänden, die endlos diskutiert werden könnten. Man kann Regeln entwickeln, Pläne an den Kühlschrank hängen, wer wann was zu erledigen hat. Man kann es aber auch einfach lassen, weil eh niemand jemals draufgucken wird, geschweige denn, irgendetwas davon tut. Das Leben wird deutlich einfacher, wenn man den Plan abnimmt und wegwirft. Alles richtet sich sowieso irgendwie. Das weiß jeder seit Generationen.

Das muss ich Kristina morgen dringend ins Gedächtnis rufen. Sonst setzt sie das Hamsterrad wieder in Bewegung, dem wir doch gerade entkommen sind. Das hat sie sicher vergessen ...

Denn wenn wir abends, Arm in Arm alle nebeneinander auf dem riesigen Sofa sitzen unter der roten Wolldecke, Gummibärchen rumreichen und *Star Trek* gucken – spätestens dann sind wir die zufriedensten Menschen der Welt!

Hin und wieder bilde ich mir wirklich ein, man merkt nicht, um wieviel ich älter bin als meine eigenen Kinder. Das ist natürlich Unsinn, man merkt jeden Moment, ich bin ihre Mutter und nicht die Schulfreundin. Die will ich auch gar nicht sein!

Obwohl ich lügen würde, wenn ich behaupte, ich sähe nicht gerne wie die Schwester meiner Tochter aus. „Siehste halt aus wie der Bruder deines Sohnes", sagt mein Sohn – der kann manchmal auch gemein sein.

Wenn wir zusammen in die Ferien fahren (was wir gerne, so oft wie möglich und mit extrem viel Freude tun), kriege ich manchmal schon im Vorfeld leichte Panikattacken, weil die Energie der Kinder schier endlos ist – und ich bin dick und müde. Na ja, das ist auch übertrieben, aber so fühle ich mich hin und wieder. Aber, und das ist eine Tatsache, ich bin diejenige, die zum Ende der Ferien für die meisten Anekdoten gesorgt hat, die immer wieder erzählt werden. Weißt du noch, Mama in La Spezia, als wir das Boot noch kriegen wollten? Mama im Reisebüro, als sie an der Tür gestolpert ist? Mama in der Sixtinischen Kapelle? Mama mit dem kaputten Klappstuhl auf dem Camping? Mama, als sie im Regen im Hyde Park auf das Brett getreten ist und der ganze Dreck an ihr klebte, bis hoch zur Jacke? Mama auf dem Gardasee mit dem aufblasbaren Pizzastück? In New York, als wir mit der U-Bahn in die verkehrte Richtung gefahren sind? Das Trampolin in Holland am Strand?

Jetzt lache ich und finde eher, dass ich eine Bereicherung bin und sicher keine Bremse. Wie wenig amüsant wäre an manchen Stellen das Leben meiner Kinder ohne mich und meine ansprechenden kleinen Eigenarten? Nicht wahr?

ALTERSGRENZEN

Es liegt in der Natur der Sache, dass meine Kinder und ich nicht im selben Alter sind. Mama-Sein bringt das irgendwie so mit sich. Man ist und bleibt die Älteste. Was verständlich, logisch, unausweichlich und doch überaus frustrierend ist. Denn zumindest meine Kinder sind immer 150% unternehmungslustig, 150% ausgeschlafen, 150% hungrig, 150% bereit für alles und 150% kritisch, was meine Aussagen, mein Aussehen, meine Lieblingsbücher und Lieblingsmusik betrifft.

Es geht nicht darum, dass die Kinder von allem einfach mehr haben. Keinesfalls! Ich habe definitiv mehr Kilos, mehr der Schwerkraft zum Opfer gefallene Körperteile, mehr Reizschwellenüberschreitungspunkte und durchaus auch mehr recht. Das habe ich allerdings immer gern, weil es die Kinder am meisten nervt.

Es geht um die kleinen Dinge des alltäglichen Zusammenlebens.

Es kann passieren, dass ich nicht in der Sekunde die Tür öffne, in der eins der Kinder klingelt. (Ich habe unter Umständen 150 m^2 auf zwei Etagen sowie einen Garten zu durchqueren ...).

„Ich steh hier seit Stuuuuunden. Hast du wieder nichts gehört? Musst du doch prüfen lassen."

Und hin und wieder habe ich Rückenschmerzen nach der ersten Nacht auf der Luftmatratze im Zelt.

„Boah, alte Frau! Muss ich dich jetzt jeden Morgen hochziehen? Sicher muss ich dir bald auch bei den Socken helfen!"

Wenn ich eine Speisekarte lesen will, brauche ich meine Ommabrille.
„Mamaaaaaaa! Hast du die Brille endlich? Mann, ich hab Hunger."

Manchmal hebe ich zwei Dinge gleichzeitig vom Boden auf, weil ich nun gerade da unten bin.
„Willst du liegenbleiben oder soll ich einen Kran bestellen?"

Und ich habe erstmalig über den Erwerb von Chucks ohne Schnürbänder nachgedacht. (Nur eine achtel Sekunde. Dann habe ich alle weiteren Überlegungen auf den 2. September 2030 vertagt.)

„Das ist jetzt nicht dein Ernst, oder? Wie schlimm sieht das denn wohl aus?"

Ab und an bin ich auch müde und habe einfach keine Lust auf nichts. Und ganz sicher nicht auf Fahrradfahren in den Dünen oder Ballspielen am Strand, Joggen, Schwimmen, die Welt verbessern oder unter freiem Himmel schlafen, weil es im Zelt oder im heimischen Bett so dösig ist. Und, ganz hin und wieder, an besonders miesen Tagen, glaube ich auch nicht mehr, dass wir überhaupt noch nachhaltig die Welt verändern.

„Wenn du alt werden willst, Mama, dann sag Bescheid! Dann kann ich dir gleich sagen, was ich davon halte! Nichts!"

Die Musik, die ich höre, ertragen sie schweigend. Weil ich immer einen Knopf im Ohr habe und man auf einem mp3-Player in der Öffentlichkeit nicht sehen oder hören kann, was für Peinlichkeiten Mama da wieder dudelt.

Aber letztens lief im Radio irgendwas von Udo Jürgens, und ich habe mitgesungen. Mitgesungen! Vom grausamen griechischen Wein. Der sofortige Eklat war unausweichlich.

Verzweifelt habe ich versucht, meinen Kindern klarzumachen, dass ich niemals niemals niemals eine Schallplatte (ich habe ihnen erklärt, was das ist) von diesem Sänger besessen habe, dass ich ihn nicht schätze und seine Musik nicht höre. Ich mag sie überhaupt nicht. Es ist eine spezielle Form von geistigem Versagen in höherem Alter, das einen Automatismus auslöst und einen singen lässt, wenn man Dinge aus der Kinderzeit hört, glaube ich.

Wir hatten eine lange Debatte. Und ich mache jetzt immer ganz schnell in der Küche das Radio aus, wenn ich eines der Kinder kommen höre. Wenn ich es kommen höre und nicht gerade mit Sting schallend im Duett singe.

Ich bin also nicht mehr die Jüngste, wie schon mehrfach erwähnt, und leide an Kleinigkeiten, wie dicker werden und hängenden Körperteilen. Auch eine gewisse Schwerfälligkeit hat sich eingestellt. Und, prozentual betrachtet, ist der Satz „Was hast du gesagt?" um gefühlte 700% gestiegen.

Doch einige Dinge bleiben immer gleich, Weiberdinge. Dazu gehört ganz klar auch das Rücken der Möbel, Streichen der Wände und das Aufhängen von Bildern. Da haben wir natürlich nicht nur das weiter oben schon erwähnte Problem der von uns in Handarbeit perforierten Wände, sondern auch das generelle Hängen der Bilder. Denn die hängen immer schief, jedenfalls nach unserer Meinung. Und dann schieben wir an der linken Ecke ein bisschen, an der rechten Ecke ein bisschen, bis das Bild gerade hängt. Da fällt dann auf, dass das Bild rechts darüber irgendwie schief aussieht, also schieben wir links ein bisschen und rechts ein bisschen und arbeiten uns mit dieser Methode über die ganze Wand. Bis schließlich einer von uns auf die grandiose Idee kommt, doch zu sehen, ob man an Decke oder Ecke der Wand erkennen kann, ob die Bilder gerade hängen. Ab da wird es schlimm, weil nämlich unsere Wände schief sind, allesamt. Und so sehen unsere Bilder eben immer schief aus.

„Nimm doch eine Wasserwaage", ist der Slogan einiger Freunde. Wasserwaage? „Warum das denn?", frage ich. Dann ist der ganze Spaß doch vorbei. Und schief sieht es für meine Augen trotzdem noch aus. Fehlen tut aber dieser überaus befriedigende Moment, wenn ich einem Bild im Vorbeigehen einen kleinen, gezielten Stups gebe, damit es schön gerade hängt. Wasserwaage ... so ein Unsinn!

Bilder rücken und Renovieren, das sind Dinge, die sich offensichtlich von Mutter zu Tochter vererben. Und in den Momenten, in denen wir uns dann so auf altersmäßiger Augenhöhe begegnen – da bin ich für immer jung.

WEIBER-FLASH

In regelmäßigen Zyklen unterliegen meine Tochter und ich dem Zwang, bei uns zuhause optisch etwas verändern zu müssen. Es ist ein Urtrieb, glaube ich, wie Schuhe kaufen, mit Parfüm sprühen, kichern und schlechte Filme mit viel Liebe drin gucken. Und dann streichen wir Wände, rücken Möbel, schrauben Regale ab oder tauschen Lampen aus.

Alles muss anders werden. Neu und schön und so, wie wir es uns vorstellen. Wir lassen uns auch gerne inspirieren (auch von TV-Sendungen, in denen ganze Häuser innerhalb weniger Tage von 80 Fachkräften und einem unerschöpflichen Budget komplett umgestaltet werden) und probieren dann einfach was aus. Mit 78 Mann weniger und einem durchaus überschaubaren Budget. Das ersetzen wir einfach durch Kreativität, Originalität und Energiebündelung. Klappt hervorragend.

Da uns aber immer wieder etwas anderes einfällt und wir das dann ausprobieren wollen, werden wir nie wirklich fertig.

Und mein Sohn stolpert über Möbel, die sich, seiner Meinung nach, vorher am exakt richtigen Platz befunden haben, nämlich da, wo er nicht drüber stolpert. Aber dann verschwinden sie einfach über Nacht!

Und er steht da, vor dem schwarzen Bücherregal im Esszimmer und sucht das Schubfach mit Kugelschreibern, Minen, Radiergummis, Linealen, Füllerpatronen, Geo-Dreiecken und Ersatz-Zirkeln, die sind nämlich immer unten links in der Schublade im alten Uroma-Sekretär, der aber jetzt gegenüber an der Wand steht. Da, wo bis gestern eben das Regal war. (Dass das Regal keine Schubfächer hat, ist ihm nicht aufgefallen.)

Den ganzen Tausch hat er nicht bemerkt. Ist klar ...

„Manchmal", sagt mein Sohn, „manchmal komme ich rein und denke, ich bin im falschen Film". Weil plötzlich eine Wand lila ist oder himmelblau. Veränderungen sind nicht so seins. (Er nennt das Weiberscheiße. Ich schreib das bewusst ganz klein. Aber er nennt das eben so.) „Männer machen, genetisch bedingt, alles korrekt", sagt er, „aber immer hübsch eines nach dem anderen". Also kann er nicht reinkommen und direkt wahrnehmen, dass er nicht nebenan bei der spirituell aktiven älteren Dame im Boudoir steht, sondern daheim im Flur und der hat jetzt eine lila Wand … dann ist Mann verwirrt, und das trägt nicht zum Wohlfühlen bei. Sagt mein Sohn. Und atmen muss er ja auch noch. Oder die Jacke ausziehen. Die hängt er aus Versehen an die neue Pflanze – weil da gestern noch ein Kleiderständer war. Ja, direkt daneben. Aber das sieht er nicht.

Eine meiner liebsten Erinnerungen zu diesem Thema ist die von jenem Tag, als wir überlegt haben, er könne doch auch in seinem Zimmer was streichen oder netter hinstellen. Dieser Gedanke war in uns gewachsen, während wir im Zimmer nebenan bei meiner Tochter die Decke gestrichen haben. Weiß, ganz harmlos. Und die neuen, von mir genähten Gardinen haben wir dann auch aufgehängt. Die sahen so schön aus! Wir wollten nicht aufhören und sind direkt mit Pinsel und Abdeckplane zum Sohn rüber. „Mädels", hat er gesagt, „wenn ihr dem Wort Abdeckplane nicht eine völlig neue Bedeutung geben wollt, dann haut ab mit eurem Kram."

Wir schieben und räumen trotzdem fröhlich weiter. Das hilft auch gegen Cellulitis, meint meine Tochter. Weil es wie Training ist. Und kosten tut es auch nichts. Falsch, kontert mein Sohn, es kostet durchaus was, nämlich Nerven und zwar seine und auch Farbe, Pinsel und Blumenpötte. Also kostet es nicht nichts, es ist umsonst. Und zwar vollkommen, in seinen Augen.

Ich glaube, am Wochenende streichen wir mein Zimmer. Ich habe da so eine Idee.

Ich lausche dem Regen, der immer noch gegen die Fenster prasselt und bin froh, dass mein Alibi, ein sentimentaler Hund zu sein, mich nicht im Stich lässt. Da kann ich ja guten Gewissens weiterstöbern. Ein bisschen Hunger habe ich mittlerweile auch, aber über Essen zu lesen hat weniger Kalorien, als in die Küche zu gehen – und da auch noch in die Schnuckidose zu greifen.

In der Vergangenheit habe ich mir tatsächlich häufig Gedanken darüber gemacht, wie ich eine wirklich gute Mutter sein kann. Mittlerweile sind die Kinder so groß, dass ich guten Gewissens denken kann, jetzt muss ich auch nichts mehr machen, was ich *versaubeutelt* habe, ist nun irreparabel.

Wie ein roter Faden ziehen sich diese aus dem Ei gepellten Muttis durch mein Leben. Jetzt kommen sie mir schon wieder geistig in die Quere, die Damen mit den Designer-Butterbrotdosen in ihren manikürten Händen, darin gesundes Brot mit gesundem Belag für ihre Kinder. Sie haben mich immer wieder degradiert mit all ihren wundersamen Fähigkeiten und ihrem perlenden Lachen. In mein Kleinhirn ist die Frage gebrannt, was ich ändern könnte. Ja, ich habe mich streckenweise wirklich unfähig gefühlt, was einfach unangenehm ist.

Mittlerweile kann ich darüber lachen, wenn meine Kinder erzählen, dass wir morgens stets mit einem Brotmesser und der

Butterschale ins Auto stiegen, beim Bäcker hielten, zwei Tüten mit je einem Brötchen nach Wunsch kauften, ich es dann im Auto aufschnitt, Butter drauf strich und es wieder eintütete. Das haben sie geliebt, versichern sie mir immer und immer wieder.

ESSEN IST FERTIG!

Turnusmäßig bekomme ich etwas, was meine Kinder „ach du Schande, das nun wieder" nennen. Ich kann nichts dagegen tun, es fällt mich an, krallt sich in mein mütterliches Gemüt. Der Gedanke „Wir müssen gesünder essen". Und er geht nicht von alleine wieder weg, ich muss ihm zwanghaft nachgeben und zur gesunden Tat schreiten.

Also besuche ich den nächstgelegenen Biohof. Ich habe ein bisschen Angst, dass mir ein kratziger Pullover an den Oberkörper wächst ... mit Norwegermuster. Und der geht nie wieder ab. Bestimmt nicht. Sofort schäme ich mich. Aber die ketzerischen Gedanken wollen nicht gehen. Ich schäme mich noch mehr. Riecht es hier nicht irgendwie seltsam? Ob das gesunder Geruch ist? Warum riecht gesund so? Kann gesund nicht besser riechen? Der Drang, mein Parfüm aus der Tasche zu zerren und in die Luft zu sprühen, ist kaum in den Griff zu kriegen. Noch mehr schämen.

Um mich herum herrscht ehrfürchtige, farblose Stille. Überhaupt, was es hier so alles gibt: fingerhutgroße Töpfchen mit lupenreinem Honig von glücklichen, freien, nicht versklavten Bienen. Robust geformte dunkelbraune Plätzchen, entzückend dekoriert mit einer einzelnen Haferflocke aus garantiert ökologischem Anbau. Wurst, der man nicht ansieht, dass sie jemals gelebt hat. Hat sie ja auch wahrscheinlich nicht, sie tut nur so, als wäre sie Wurst. Das lese ich auf der Verpackung, und sofort habe ich wieder diesen einen Gedanken in meinem Kopf. Dieses Mysterium, das nicht zu greifen ist. Warum muss etwas aussehen und schmecken (dazu sag ich nichts) wie etwas, das ich niemals essen würde, nämlich wie Wurst und ich bin Vegetarier? Also, ich jetzt nicht, ich habe quasi für Andere gedacht. Das passiert mir öfter und macht das Leben nicht einfacher. Seufzend gehe ich weiter. Es ist noch immer so still. Und alle nehmen sich ernst. Das fällt mir ziemlich direkt auf. Wahrscheinlich ist es wichtig, was hier geschieht. Und ich kann es nicht erkennen, weil ich nicht mit vollem Herzen bei der Sache bin.

Ob hier Kinder aus 100% schadstofffreiem Vollkornsamen gezeugt werden?

Ich bin eine intolerante bunte Kuh. Schämhöchststufe erreicht.

Das alles ist löblich, und sicher wird man 100 Jahre alt. 100 Jahre, die einem wie 200 erscheinen. Man bleibt auch höchstwahrscheinlich bis ins Greisenalter topfit. Das ist natürlich erstrebenswert, auch für mich. Aber ich wollte noch nie einen Marathon laufen oder auf die langweilige Tour 200 Jahre alt werden.

Ich habe es für dieses Mal hinter mir und gehe nach Hause.

„Na, Mama", sagt mein Sohn, als ich reinkomme, „hast du uns was Leckeres mitgebracht [er macht ein Würgegeräusch] oder ist alles wieder gut?"

Ich nicke. „Ruf das Pizzataxi, roter Alarm Ende", brüllt er seiner Schwester zu, die schon mit dem Telefonhörer in der Hand dasteht.

Ja, die Übermütter. Das sind sie schon wieder. Ich komme nicht los von ihnen. Wobei ich ja ganz sicher nicht sein will wie sie. Das ist es nicht. Es ist die Art, wie sie Menschen wie mich betrachten. Zugegeben, manchmal hätte ich gerne einen Teil ihrer Disziplin und würde jeden Morgen zum Sport eilen, um dann, Schweißband noch um die Stirn und das geschickt geschnittene blonde Haar, mein überaus wohl geformtes Hinterteil in eine knallenge, teure Sporthose verpackt, an Kindergarten oder der Schule stehen und meine gesund ernährten Kinder abholen. Um sie direkt zur Jugendmusikschule zu bringen, wo sie ihre Perfektion an Geige oder Cello vertiefen. Ich lache laut. Meine Kinder spielen nicht einmal Blockflöte.

Allerdings fahren wir auch kein Cabrio. Wir fahren Klapperkiste. Dazu gibt es auch eine Menge zu berichten. Irgendwie gibt es zu allem viel zu sagen, jedenfalls in meiner wortlastigen Welt.

Aber die Erinnerung hebe ich kurz auf und bleibe beim kindlichen Musizieren.

MUSIKSCHULE

Natürlich hatte auch ich zu gegebener Zeit den Wunsch, meinen Kindern Musik und somit Kultur nahezubringen. Und was bietet sich da in erster Instanz besser an als ein Blockflötenkursus für das soeben eingeschulte Kind. Lust hatte meine Tochter ganz sicher nicht, als ich ihr erklärt habe, dass sie nun zweimal in der Woche länger in der Schule bleiben darf, um Blockflöte zu spielen. Aber sie war immer schon lieb und bereit, Dinge zu tun, die sie auf den ersten Blick nicht uneingeschränkt sinnvoll fand. Wenn ich sie bat, zu flöten, so flötete sie. Und wie sich schnell herausstellte, flötete das arme Kind wirklich unter Einsatz aller Körperkraft.

Ich hatte mich schon eine ganze Weile gewundert, warum sie sich so standhaft weigerte, mir ein Lied auf der Blockflöte zu spielen oder wenigstens einzelne Noten. Immer fand sie eine Ausrede oder hatte eben gerade keine Lust. Und keine Lust haben ist und war in unserer Familie immer ein Argument, das akzeptiert wird. Man darf sagen, man hat keine Lust und wird durchaus erhört.

Wobei auch hier Ausnahmen die Regel bestätigen. Aber wenn man nicht vorspielen will, nehm ich das hin.

So vergingen die Wochen. Brav zog mein Kind nach dem Unterricht in ein anderes Klassenzimmer um und blies, was das Zeug hielt. Bis ich dann irgendwann doch zu misstrauisch wurde und ernsthaft nachhakte. Fazit: Das Kind konnte genauso gut Blockflöte spielen wie zu Beginn des Kurses – nämlich gar nicht. Das Ergebnis meiner Fragen war erschütternd: Wie die Musiklehrerin schnell festgestellt hatte, war meine Tochter nicht nur komplett unmusikalisch, vor allem waren ihre Hände so schmal und klein, dass sie gar nicht in der Lage war, an dieser dämlichen Flöte mehrere Löcher gleichzeitig zuzuhalten. Aber anstatt das Kind von seinem Tonleitertrötenmartyrium zu befreien, hatte diese Musikschullehrerin meine Tochter dazu verdonnert, nur so zu tun, als würde sie Töne mit der Flöte produzieren, damit sie die anderen Kinderchen nicht beim Blasen störte.

Nun, wer mich kennt, hätte direkt hier die Lehrerin in ein Zeugenschutzprogramm aufgenommen. Aber so bekannt war ich an der Grundschule meiner Tochter noch nicht. Ich habe mich draußen vor die Fenster der musizierenden Genies gestellt und heftig an die Scheibe geklopft. Als, mit sichtlichem Unbehagen, die Musikfrau das Fenster öffnete, habe ich weniger als 30 Sekunden gebraucht, um ihr klar zu machen, dass sie meine Tochter schnellstens zu mir auf den Schulhof zu schicken und uns den Beitrag für ihren Kursus zu erstatten hat.

Meine Tochter hat, aus rein sentimentalen Gründen, ihre Blockflöte behalten und sogar an Weihnachten was geflötet, weil wir das so passend fanden. Einen Kurs hat sie niemals wieder besucht.

Im Rahmen der Gleichstellung habe ich meinen Sohn zwei Jahre später gefragt, ob er Blockflöte spielen wolle. Nein, wollte er nicht – sein Bauch war dagegen.

Lachtränen laufen über mein Gesicht. Manche Dinge, die uns widerfahren, sind schon etwas besonders geartet. Geschichten wie diese von der Musikschule und der Blockflöte bieten auf jeder Familienfeier wieder feinste Unterhaltung.

Wir haben ganz sicher mehr Spaß als andere, glaube ich.

Heute weiß ich, dass es viele Wege gibt, eine gute Mutter zu sein und es der Liebe der Kinder ganz gewiss keinen Abbruch tut, wenn Mama etwas nicht kann, etwas vergisst, einen Fleck auf dem T-Shirt hat oder zweimal hintereinander Nudeln kocht, wenn sie kein perfektes Hinterteil hat und nicht mit glockenheller Stimme zu singen versteht.

Meine Kinder erzählen noch heute, wie unfassbar gemütlich es war, wenn ich mittags einfach eine Tiefkühlpizza gemacht habe, die wir mit ins Wohnzimmer nahmen und ich ihnen abwechselnd kleine Pizzastücke in den Mund steckte, während wir Klein Hippo oder eben Blinky Bill im Fernsehen guckten. Letztlich sind es wohl diese Augenblicke, die uns verbinden und im Gedächtnis bleiben.

Genau in dieser Sekunde denke ich (warum auch immer) an die Feierlichkeiten zu Sankt Martin und muss mir doch schnell einen Kaffee holen. Manche Erinnerungen kann man so ganz allein nicht gut ertragen.

SANKT MARTIN

Letztens fiel es mir wieder auf, manche Frauen sind so anders, dass man sich nicht wundert, warum sie bevorzugt für bestimmte Tätigkeiten eingesetzt werden. Mal ehrlich und ohne politisch korrekt zu sein – es gibt typische Frauenberufe und in ihnen wirken häufig auch ganz typische weibliche Wesen. In meinem Dasein als Frau würde ich ziemlich sicher niemals auf diese Spezies treffen – ich mag sie nicht, sie mögen mich nicht. Das ist also eine ganz klare Angelegenheit, die niemanden belastet. Aber als Mütter kreuzen sich unsere Wege oft über Jahre hinweg. Das ist unvermeidlich und schmerzlich, aber leider nicht zu umgehen.

Ich weiß nicht, inwieweit es am Rest der Menschheit spurlos vorübergegangen ist, aber es gibt ein alljährlich wiederkehrendes Ereignis mit Namen Sankt Martin. Ein edler Recke teilt, was er hat. Am liebsten seinen Mantel. Vom Pferde aus. Diese überaus gute Tat hat zur Folge, dass jedes Jahr wieder Tausende von Kindergartenkindern dem guten Manne und seinem Beispiel folgen.

Und zu eben diesem Anlass pflegt die gute Mutter, mit ihren laternenbehängten Kindern im Dunkeln singend um die Häuser zu ziehen. Am liebsten beginnt man vor einer Kirche, vor der aber erst einige Mütter und ein einzelner Vater (der sich so offensichtlich wünscht, tot zu sein, dass der Kerl einem wirklich leid tut) die Geschichte vom Sankt Martin spielen. Dann wird gegangen. Mit Polizeieskorte, die an allen Straßen die Autos anhält, damit Mutti mit der Laterne heile auf die andere Seite kommt. Und wehe, ein Autofahrer wird nicht schnell genug langsam! Mutti wird mitsamt Laterne zur Furie. Da kommt man nieder, um die Renten derer zu sichern, die dann die Kinder rücksichtslos behandeln. Das geht ja gar nicht. Da regt man sich dann aber wirklich auf! Alles in allem ist dieser Teil des Sankt Martin dann nach etwa 30 Minuten vorbei.

Anschließend gibt es in der Pausenhalle der Schule (oder des Kindergartens) Kinderpunsch. Ich werde jetzt nicht sagen, dass dieser Punsch nicht aus Kindern besteht, das wäre zu doof. Aber, wie im Namen doch eigentlich schon beinhaltet, ist das Zeug völlig alkoholfrei. Und dann steht man da und sieht Mutti, die wirklich, ohne Rücksicht auf die Schmerzgrenze ihrer etwas weiter entwickelten Geschlechtsgenossinnen, mit ihrem bunten Ikeaplastikbecher in der Hand anfängt zu kichern und die Fremdpapas anbaggert, weil sie ja Punsch trinkt. Das kann man doch nicht aushalten! Davon krieg ich so einen Belag auf die Zunge, weil ich schweigen muss. Wer so eine Vollmeise hatte, wurde früher im Dorfteich ertränkt.

Und dann steigen diese Damen in ihre Killer-BMW's mit Riesenspoiler, schnallen ihren Nachwuchs gut an und nageln über alles, was bei zwei nicht auf den Bäumen ist. Schluss ist mit lustig und mit Sankt Martin. Sie fahren schnellstens zurück ins Reihenhäuschen im Legoland – die Putzfrau kontrollieren.

Diese *ich habe einen Zahnarzt als Gatten erlegt-Frauen* wachsen in jeder Stadt. Man kann sie ignorieren. Was ich auch meistens tue. Aber hin und wieder fallen sie besonders auf. Vor Kindergärten und Schulen, und eben bei Festen wie Sankt Martin und ähnlichem. Dann geben sie auch gern ein bisschen an, mit den selbst gebastelten Laternen („Ist das nicht nett? Hat unser Au pair Mädchen gemacht. Der Rotary Club hat sie uns vermittelt").

Diese Form des Homo sapiens wohnt immer nebeneinander in identischen Schuhschachteln. Denn bis ganz nach oben, also in die Liga der in freistehenden Häusern Wohnenden, schaffen es dann doch nur die Wenigsten. Die gängige und am meisten vorkommende Art wohnt in sogenannten besseren Gegenden – alle nebeneinander im Reihenhaus. Orientieren kann man sich da nur an den unterschiedlichen Trockenblumenkranzverzierungen an den Standardhaustüren.

Selbst in den gästehandtuchgroßen Vorgärten steht in der Regel je eine etwa 50 cm hohe Trauerweide. Warum nur? Selbsterkenntnis? Wohl kaum.

Ich seufze schwer. Ja, so war das. Selbstverständlich habe ich keine Vorurteile. Aber ich bin vielleicht ganz leicht negativ belegt, was diesen Punkt betrifft. Vor allem, nachdem eine dieser Damen vor dem Kindergarten ernsthaft zu mir gesagt hat, wenn sie und ihre Freunde gewusst hätten, dass ich studiert habe, hätte man mich längst in ihren erlauchten Kreis gebeten. Erstaunlich friedlich habe ich geantwortet, dass ich mich in geistig schlichten Kreisen leider schnell langweile und sie sich darum keine Gedanken machen müsse, mich über Jahre gezielt ausgeschlossen zu haben.

Neben Sankt Martin gab es viele *Events* – das begann mit dem Basteln von Laternen für eben dieses Ereignis, das gemeinsame Beisammensein ohne Grund, das Backen von Waffeln, das Übernachten im Kindergarten, das Besuchen von Zoos, Wäldern, Klettergärten und Schwimmbädern. Später gab es endlos lang gedehnte Grillabende mit der Schulklasse, den Eltern und den Lehrern. Die hatten immer mein vollstes Mitleid.

Ich habe alles mitgemacht und selten kein Gelächter geerntet. Noch heute giggeln meine erwachsenen Kinder albern herum, wenn sie mir wieder erzählen, wie ich die Eichhörnchenlaterne meiner Tochter verkehrt herum zusammengeklebt habe. Ja, das war auch kompliziert, man musste beim Zuschneiden der Einzelteile quasi um die Ecke denken. Man bastelte zwar zwei identische Teile, die aber spiegelverkehrt sein mussten, damit man nicht, wie ich, beim Zusammenfügen der beiden fertigen Hälften dem Eichhörnchen den Schwanz an den Kopf klebte. Sowas macht mich wahnsinnig.

Aber ich habe sogar laubgesägt für meine Kinder. Die Ergebnisse werden noch heute, unter lautem Hallo, zu jedem Advent hervorgeholt und aufgestellt. Und jedes Jahr frage ich mich, seit nunmehr über 15 Jahren, warum ich die einzelnen Motive (Kerze, Engel, Glocke, Tannenbaum) so riesengroß ausgesägt habe. Hier flackert nirgendwo ein fröhlicher, festlicher Lichtschein einer Kerze, hier sieht man die komplette Kerze in ihrer ganzen Pracht. Meine Tochter meint, ich sei eben in jeder Hinsicht großzügig, und diese Erklärung gefällt mir.

Weihnachten ... liebe ich!

SANTA BABY

Ich liebe Weihnachten! Das gebe ich zu. Und ich liebe die Vorweihnachtszeit – die Hektik, das Geschenke kaufen, einen Adventskranz machen, dann den Baum aussuchen, vorlesen, den Weihnachtsmarkt, Jingle Bells und White Christmas, das Weihnachtsessen überlegen, kitschigen Baumschmuck und Lametta! Zimtsterne essen und diese denkwürdigen 50 Zentimeter-Bratwürste in Baguette vom Weihnachtsmarkt ... ja, ich liebe Weihnachten.

Und meine Kinder lieben Weihnachten. Aber wehe, es ist irgendetwas, außer den Geschenken, anders als im Jahr zuvor und davor und davor und davor. Auch im fort-geschrittenen Alter muss noch alles stimmen – die Ge-schenke müssen bunt verpackt und der Inhalt eine Über-raschung sein. Plätzchen backen finden wir noch immer stimmungsvoll und grölen beim Backen lauthals von der Weihnachtsbäckerei und dem Spekulatiusmann namens Leo. Meine Tochter seufzt, ja, sagt sie, sie erinnert sich. Das haben wir in ihrer Kindheit immer gesungen, damals ... und ich könne eigentlich wieder von Madita auf Birken-

lund vorlesen und von Polly Patent und den selbst ge-
machten Bonbons. Ganz wie früher eben. Lang sei das
her, fügt sie hinzu. Ja sicher, sie ist 25 ... quasi eine Greisin.

Und dann der Tannenbaum, unser Tannenbaum. Pieken
und gut riechen muss er, sonst gilt er nicht. Und er darf
keinesfalls ins Auto passen. Das wäre langweilig. Das
wollen wir nicht!

Jedes Jahr suchen wir drei Paar Handschuhe (die immer
verschwunden sind) und fahren dann zum Baum kaufen.
Und meine Kinder erzählen jedes Mal die Geschichte, als
ich entschieden hatte, wir schlagen selber einen Weihnachtsbaum. Mit einer Axt (aus dem Onkel Willi-Fundus)
bewaffnet sind wir losmarschiert. Ganz stilvoll hatte es
sogar geschneit, und es war alles über die Maßen weih-
nachtlich. Nur bin ich nach etwa 30 Sekunden schon gestolpert und hab gedacht, ich hab dabei eines meiner
Kinder mit der dämlichen Axt erschlagen. Wir sind direkt
wieder abgefahren.

Der Baum – der ist immer irgendwie am Ende doch zu
groß. Ich weiß nie, woran das liegt. Ich bin mir ganz sicher, wenn er ein bisschen größer ist als mein Sohn,

dann passt er exakt ins Zimmer. Und ich werde niemals verstehen, warum es dann doch nicht passt. Ist doch eigentlich ganz einfach, der Sohn ist gute 190 cm lang. Wenn er Weihnachtsbäume hält, die ihn um knapp zwei bis drei Köpfe überragen, dann MÜSSEN die doch in unser Esszimmer passen. Das Kind passt ja schließlich auch! Jedes Jahr sagt er, dass der Baum nicht passen wird und er wieder nicht mehr weiß, wo die vermaledeite halb verrostete Säge von Onkel Willi ist. Und dass er oben was abschneidet und nicht unten. Weil das viel zu kompliziert ist. Da hat er keine Lust drauf. Ich kann mich nicht mehr erinnern, ob wir jemals einen Baum mit Spitze hatten. Ich glaube es allerdings nicht.

Den Baum zu kaufen macht riesig Spaß, wir halten gefühlte 100 Bäume hoch und brüllen uns zu, dass sei der ultimative Weihnachtsbaum. Doch dann muss er irgendwann ins Auto, der ultimative Baum. Ich nehme jedes Jahr ein rotes Handtuch mit, das binden wir hinten an die drei Meter Baum, die aus dem Auto hängen. Beide Kinder quetschen sich auf dem Rücksitz links und rechts daneben und halten fest.

Dann wähle ich sorgsam den Gang, in dem ich den Baum, die Kinder, das Auto und mich nach Hause fahre. Schalten geht nicht, alles ist voller Baum.

Unweigerlich kommt noch die Geschichte, in der ich den Baum auf der Terrasse in einen vollen Wassereimer gestellt habe. Damit es ihm gut geht. Und dann hat es gefroren ...

Feiern macht eben Spaß. Und Weihnachten ist selbstverständlich der Höhepunkt. Auch das Zusammensein mit meinen Freundinnen steht ganz oben auf der Liste.

Aber es gibt auch noch Familienfeiern. Die mag ich, doch es bedarf immer wieder gewisser Taktiken, um gut über die Runden zu kommen. Das liegt zum Teil an mir, ich konnte und kann Kritik an meinen Kindern nur schwer tolerieren. Völlig albern ist das, aber leider nicht zu ändern. Und natürlich ist diese Eigenart auch immer wieder Anlass zu Bemerkungen und leisem Spott aus der familiären Runde. Das missfällt mir auch.

„Ja", sagt der Sohn, „Mama ist schon speziell, aber wenn man sie zu nehmen weiß, dann ist alles ganz friedlich". Wie überaus beruhigend, ich bin also nur seltsam und schwierig, nicht komplett wahnsinnig.

An die Feierlichkeiten samt gepflegtem (stundenlang vorbereitetem) Essen am ersten Weihnachtstag erinnere ich mich gut. Mein Sohn verschwand innerhalb weniger Minuten mit einem Bilderbuch, einem Traktor oder (ein paar Jahre später) dem Gameboy hinter dem Sofa und wurde nicht mehr gesehen. Das wirkte sich eher ungünstig auf die Stimmung der anderen Feiernden aus. Nicht ganz zu Unrecht wurde vermutet, der Knabe habe kein wirklich tiefergehendes Interesse am familiären Beisammensein. Und ebenso wurde es unzweifelhaft als meine Aufgabe angesehen, dieses anstößige Verhalten zu unterbinden. Das wiederum wollte ich aber partout nicht, weil ich einsehen konnte, warum mein Sohn hinter dem Sofa saß. Ein bisschen habe ich ihn sogar um diesen Platz beneidet. Deswegen hatte ich keinesfalls die Absicht, ihn zu zwingen, sich mit uns an den Tisch zu setzen. Im Gegensatz zum Rest der Familie (mit Ausnahme meiner Tochter) war mir klar, dass ein Verweilen des Kindes am Tisch unter Umständen ein weitaus größeres Desaster bedeutet hätte. Essen wollte er nämlich auch nie etwas – höchstens Pommes oder Hähnchenfleisch in Form eines Dinosauriers oder eines prähistorischen Fisches. Das kam auch nicht so gut an. All das wusste ich und fürchtete ein bisschen

den Moment, an dem er sich zu uns setzen würde, um zu verkünden, was er zu essen gedenke und dass er keinesfalls ir-
gendwelches Weihnachtsessen zu sich nehmen werde.

FAMILIENFEIER

Ich stehe der Familienfeier als solcher eher ambivalent gegenüber. Und dagegen kann ich auch überhaupt nichts tun. Es ist nicht wegen der Menschen, die ich dann an meinem Tisch wiederfinde, es ist auch nicht der Tisch an sich, den decke ich gerne, kochen und backen finde ich auch nicht schlimm. Ich gehe auch gerne in ein Restaurant oder zur Oma nach Hause.

Es ist schlicht dieses Unwägbare – wie wird dieser Tag enden? Wer wird was sagen und warum? Wird es mir gelingen, einfach den Mund zu halten? Oder werde ich wieder lachen, wo es unangebracht ist oder meinem Sohn, dem Roten, dabei zusehen, wie er alles unterpflügt, was ihm gerade so begegnet, einfach, weil es ihn nervt und er das Unterpflügen verbal beherrscht wie kein Zweiter? Er war schon immer der rote Revoluzzer, der sagt, was er denkt und tut, was er will. Den Begriff *konfliktscheu* kann er nicht schreiben.

Meine Tochter ist da wesentlich kompatibler – sie versteht es seit frühester Kindheit, sich unsichtbar zu machen, obwohl sie am Tisch sitzt. Sie saß dann da und blickte ins Nirwana. Nur wenn ich hinterher die Fotos betrachtete, die ich zu solchen Anlässen gerne machte, streckte sie darauf regelmäßig die Zunge raus oder schielte hinter vor gehaltener Hand. Ich muss noch immer grinsen, wenn ich an die Bilder denke.

Alle lobten immer, wie gut das Kind doch isst und, vor allem, dass es ja auch alles isst. Spätestens an der Stelle wollte ich immer fragen, ob es denn nun wirklich so schön sei, wenn ein Kind alles isst. Auch Opas Socke oder Tantes Riechfläschchen? Die Krümel vom Fußboden oder ein Häppchen Tischbein? Na ja, ich habe nie gefragt, weil ich längst weiß, dass man unpräzise Formulierungen hinnimmt und nicht hinterfragt. Besser nicht.

Außerdem isst sie natürlich nicht alles, hat sie noch nie und tut sie heute auch nicht. Ich habe da nie gedrängt, weil sich mir, wie schon gesagt, der Sinn des Allesessen nicht erschließen will. Nein, mein Töchterchen verteilte ihr Essen fein säuberlich und ganz unauffällig auf die umliegenden Teller. Erwischte man sie doch, klimperte sie mit den Wimpern und heuchelte mit Unschuldsmiene:

„Liebe Oma soll auch das leckere Essen von mir probieren!" Zack, Oma geschmolzen. Mein Kind ist so cool!

Mein Sohn hingegen war immer schon von der Planierraupen-Fraktion. Und was er einmal sagte, stand fest gemauert für die Ewigkeit. Ein schlichtes „Was soll das denn sein? Das esse ich nicht" war nicht zu diskutieren. „Jetzt iss was" von Oma, wurde mit „Ich sag doch, ich will nicht" abgeschmettert. Opas „du willst doch groß und stark werden" mit einem lapidaren „Nö, warum?" gemetzelt. Und wenn dann jemand, unter Umständen durchaus wohlmeinend, darauf hinwies, dass man ja probieren könne, um überhaupt zu wissen, wie es schmeckt, wurde er mit „Will ich ja gar nicht wissen" angezählt.

Meistens folgte, ich habe mich innerlich gewunden, so etwas wie „Muss ich zuhause auch nicht essen" oder „Mama sagt, das schmeckt nach Rotz mit Fischgeschmack". Ok, ich weiß, ich weiß.

Aber, ich muss das hier mit stolzer Brust erwähnen, mein Sohn stand seiner Schwester, was Raffinesse betrifft, in nichts nach. Es ist ihm tatsächlich gelungen, das Gerücht in die Familienfest feiernde Welt zu setzen, dass er nur essen würde, was Mama gekauft und zubereitet hat. Das fanden alle ganz putzig und hielten ihm kichernd irgend etwas zu essen hin, und er musste nur sagen „Ist das von Mama?" und, schwupps, war Ruhe. Man streichelte dem lieben Kleinen gerührt über das rote Haupthaar und ließ ihn einfach in Frieden.

Und ich? Ich musste jahrelang auf jeder Feier tiefenpsychologische Ratschläge zum Thema Muttersöhnchen und ungesund enger Bindung an den männlichen Nachwuchs über mich ergehen lassen. Während mein Sohn ungehindert und fröhlich heranwachsen konnte und mir feixende Blicke zuwarf oder eindeutige Handbewegungen machte. Der und Muttersohn? Ich lach mich schlapp.

Versonnen lehne ich mich zurück. So viele Erinnerungen, und wenn ich sie genauer betrachte, sind sie fast alle gut. Ja, auch das überaus merkwürdige Essverhalten meines Kindes finde ich eher komisch als besorgniserregend. Er ist tatsächlich erwachsen geworden ohne Skorbut zu bekommen. Was mich heimlich wundert, denn das ein oder andere Mal war ich schon der Meinung, anderes Essen würde ihm auch nicht schaden. Aber wie immer ist er sich treu geblieben und war nicht zu überreden, etwas zu tun, das er nicht einsah oder schlicht nicht wollte.

Es gab also doch einige Klippen und steinige Pfade auf meinem Weg bis vor den Uroma Johanette-Schrank, aber die habe ich alle umschifft und meistens schnell beiseite geschoben.

Ich lebe aller Wahrscheinlichkeit nach nur dieses eine Mal und das fülle ich, soweit ich kann, mit guten Zeiten.

So war es immer schon, und dafür bin ich mir selber dankbar, so seltsam sich das anhört. Die Fähigkeit, immer wieder Optimismus zu entwickeln, finde ich wichtiger als die meisten anderen Charaktereigenschaften. Und es gibt doch tatsächlich immer wieder Augenblicke, an die man sich gern und mit Freude erinnern kann.

So entstehen durchaus auch Legenden. Meine Kinder finden meine Griechenland-Reise von vor gefühlten 100 Jahren spannend, weil ich mangels Geld auf dem Dach eines noch nicht fertig gebauten Hauses geschlafen habe. In Athen unter freiem Himmel. Griechische Freunde schmuggelten uns jeden Abend heimlich dort hinauf. Es war unbeschreiblich schön und anders und voller Abenteuer, sich unter den Sternenhimmel zu legen, zu wissen, man tut etwas Verbotenes. Der Blick über Athen ist heute noch ganz klar in meinem Kopf.

Ja, ich liebe diese Erinnerung, und sie zaubert immer wieder ein Lächeln auf mein Gesicht.

Meistens bin ich, trotz aller Widrigkeiten, also gut gelaunt und optimistisch. Aber auch ich komme an meine Grenzen. Und dann werde ich müde. Wenn man mich, zum Beispiel, in ein längeres, (für mich) langweiliges Gespräch verwickelt, erschlafft meine Muskulatur irgendwann, meine Augen fallen zu und ich bin einfach *weg*. „Irgendwann wirst du dich bei so einer Aktion verletzen", sagt der Sohn. Aber ich scheine ein Glückspilz zu sein – bisher bin ich, abgesehen von extrem peinlichen Momenten, immer heil aus diesen Situationen herausgekommen.

MÜDE

Wenn ich müde bin, dann bin ich müde. Zum Erstaunen und zur großen Freude meiner Kinder schlafe ich auch überall in Sekundenbruchteilen ein. Gemütlichkeit ist keine Bedingung. Es muss nur etwa zwei Sekunden niemand was mit mir machen. Schon ist es passiert. Ich schlage mit dem Kopf auf den Tisch oder kippe auf dem Sofa um. „Schnell", sagt mein Sohn manchmal, „Mama hat schon Schräglage, wir müssen mit ihr spielen." Sehr komisch.

Das Furchtbarste ist mir im Theater passiert. Mitten in einem unsäglich langweiligen Schauspiel (ich dachte damals, ich müsse meinen Kindern auch Kulturelles bieten) hatte ich einen Blackout und erinnere mich erst wieder ab dem Punkt, an dem mein Sitznachbar zu klatschen begann. Das habe ich gespürt, weil ich platt mit meinem Gesicht in seinem Schoß lag und fest geschlafen hatte. Meine Kinder haben vor Scham so getan, als würden sie mich nicht kennen, und ich kann es ihnen nicht verübeln.

Ich kannte den Mann ja auch überhaupt nicht, habe ihn vorher niemals gesehen. Aber ich hatte über eine halbe Stunde friedlich auf ihm geruht. Es war so unglaublich peinlich. Ich erinnere mich nicht einmal mehr, was ich gemurmelt habe, bevor ich geflüchtet bin. Wahrscheinlich war es etwas reichlich Blödes. Aber ich konnte die Situation ja wieder sowieso nicht schlimmer machen. Obwohl, ich denke in diesem Moment voller Stolz daran, zumindest habe ich nicht gesabbert. Und der Typ hat gegrinst wie ein Honigkuchenpferd. Wahrscheinlich weil er jetzt bis ans Ende seines Lebens eine schöne Geschichte für Betriebsfeiern hat. Oder weil er es mochte, mich in seinem Schoß schnarchen zu sehen. Kann doch sein. Jetzt ganz ehrlich. Warum denn nicht? Ich bin eben eine attraktive Schnarcherin!

„Oh Mama", grinste meine Tochter auf dem Weg nach Hause, „mit dir macht sogar Kultur Spaß". Immerhin etwas.

Sie vermutet auch ganz stark, ich sei dauerhypnotisiert, weil kein Mensch so sein kann. Na ja, ich schon! Viele Dinge machen mich eben einfach müde. Auch manche Menschen.

Oder Filme. Filme erschöpfen mich schnell, weil ich sie langweilig finde. Es stört mich nicht, wenn ich nach 30 Sekunden weiß, wer wen *kriegt*. Da bin ich schlicht gestrickt. Aber es bringt mich unweigerlich zum Erliegen, wenn stundenlang von Problemen geredet und über Missverständnisse gestolpert wird ... komische, oberflächliche Missverständnisse sind prima. Da lache ich sogar drüber, auch wenn es kompletter Schwachsinn ist. Aber so richtige Problemfilme, in düsteren Farben gehalten oder, um das avantgardistische Element zu verdeutlichen, gleich ganz in schwarzweiß, mit armen Kindern und Krisengebieten und diesen stillen, kritischen Untertönen – die schläfern mich ein. Und schon verliere ich das Bewusstsein.

Mein Sohn hat schon mit einer Stoppuhr neben mir gesessen, um in Millisekunden messen zu können, wie schnell diese Art von Koma eintritt. Seitdem behauptet er, das müsse die NASA mit Spezialgeräten übernehmen. Er habe nicht einmal die Zeit gehabt, den Startknopf zu drücken.

Und genau deswegen höre ich an dieser Stelle auf zu schreiben. Bevor mir die Geschichte langweilig wird …

Ach ja, einen großen Vorteil hat das Ganze. Wenn ich wach bin, bin ich richtig wach. Weil ich immer ausgeschlafen bin.

Jetzt gerade bin ich wach, obwohl ich hier schon eine gefühlte Ewigkeit sitze. Und so richtig stolz bin ich nicht auf diese *Fähigkeit*, also durchsuche ich rasch das nächste Tagebuch und finde auch direkt ein neues Thema. Zum Glück.

Was ich, neben Weihnachten und gutem Essen, Feiern und Albernsein auch wirklich schön finde ist, dass meine Kinder und ich viel reisen, oft zusammen, aber auch immer wieder jeder von uns mit Freunden. Reisen ist fantastisch, es bringt mich dazu, so richtig rundum glücklich zu sein.

An dieser Stelle wird meine Tochter das Lesen unterbrechen, mich angrinsen und sagen „Sixtinische Kapelle". Na ja, ich gebe noch einmal zu, so richtig viel Geduld habe ich nicht, und zuweilen kann ich auch noch leicht jähzornig sein. Zum Beispiel, wenn ich für ein Wahnsinnsgeld nach vierstündigem Warten (bei etwa 50 Grad Celsius in der prallen Sonne) endlich die vatikanischen Museen betrete und feststelle, dass das, was wir sehen wollen, zwecks Renovierung komplett geschlossen ist (worauf aber erst hingewiesen wird, wenn man bezahlt und gewartet hat) und man dann noch, in einer Menschenherde, von einem General-feldmarschall mit unangenehmer Keifstimme im Schweinsga-lopp durch die Sixtinische Kapelle gejagt wird. Da platze ich dann schlicht und ergreifend. Und das ist meinen Kindern schrecklich peinlich. Ich schäme mich aber überhaupt nicht, denn warum sollte ich mich viel besser benehmen als die Men-schen, die mich da so schräg behandeln und in keiner Weise darüber nachdenken, was sie da eigentlich tun.

Als gute Mutter wechsle ich jetzt dennoch lieber schnell das Thema.

Tatsache ist jedenfalls, je mehr man reist und je öfter man ein Flugzeug besteigt, desto gelassener wird man. Ich habe mitt-lerweile schon so oft in Gedanken ein Flugzeug verpasst und es im realen Leben doch stets noch rechtzeitig erreicht, dass wir beinahe ZU gelassen sind. Wie ich da jetzt drauf komme? Na ja, ich lese gerade die Sache mit dem Flieger nach Australien.

FLIEGER, GRÜSS UNS DIE SONNE

Wir reisen gerne und so viel wie möglich. Und, wenn es geht, auch immer alle Drei zusammen. Das klappt nicht immer, aber doch regelmäßig. Wenn nur einer von uns unterwegs ist, wird er zumindest vom Rest mit viel *PomPom* zum Flughafen begleitet.

Und damit haben wir (wie könnte es anders sein) so unsere Probleme. Erstens weil ich generell präventiv schon blind von Tränen bin, wenn es los geht und zweitens, weil wir es nie ganz genau pünktlich schaffen mit dem Losfahren. Das wäre ja auch an sich kein Problem, wenn man dann halt einfach ein bisschen schneller fahren könnte. Nun ist unser Ziel fast immer der Flughafen in Düsseldorf, und da kann man niemals niemals niemals schneller fahren. Man kann nur beten, dass der Stau nicht 25, sondern vielleicht ausnahmsweise nur 14 Kilometer lang ist, weil sieben von den 18 Dauerbaustellen fertig geworden sind. Ist nie so, war nie so und wird nie so sein. Aber man hofft eben. Vor allem, wenn man wieder zu spät ist.

Meine Tochter sitzt im Auto, der Kofferraum biegt sich durch von ihrem Gepäck. Wenn jemand ein Flugzeug mit Schlagseite am Himmel sehen sollte – da sitzt meine Tochter drin mit ihrem Gepäck. Sie fliegt nach Australien, genauer nach Sydney. Zumindest hoffen wir, dass sie das tun wird – denn wir stehen im Stau. Die Handys der Kinder werden gezückt, Google Maps soll es richten. Denn Google Maps kann das, weil Google Maps alles weiß. Auch die richtige Richtung und wo kein Stau ist. „Mama, nimm einfach die nächste Abfahrt", sagt der Sohn, „dann fahren wir über Land. Ich sage dir die Strecke!" Über Land? Durch komplett unbekanntes Gebiet, wo ich überhaupt nichts weiß, keine Straße kenne, keinen Ortsnamen, einfach nichts? Wirklich? Sind wir uns sicher? „Ja, sind wir", sagt jetzt meine Tochter, und sie hat schon diesen Kieks in der Stimme, „jetzt mach einfach, fahr runter. Der Stau geht bis Düsseldorf und in knapp einer Stunde ist Boarding." Wieso ist denn dann schon Boarding? Das ging aber jetzt schnell, wann sind wir denn los gefahren? Die Kinder seufzen nur, weil Mama wieder Stress hat.

Noch eine Stunde, bis man das Flugzeug nach Australien verpasst, wo ist das Problem?

Ich nehme ergeben die nächste Abfahrt und stelle mich ganz an das Ende der Nahrungskette derer, die gerade den Stau einrichten, der jetzt auf der Landstraße im Niemandsland entsteht. Weil eben alle Google Maps glauben. Da steht, hier ist kein Stau. Und wie nennt man dann auf dem Lande eine lange Autoschlange? Ich kriege Kribbeln in den Händen und in den Stimmbändern, das ist ein altbekanntes Leiden von mir. Gleich fange ich an, auf das Lenkrad zu trommeln und zu meckern, weil wir wieder zu spät los gefahren sind und ich es ja vorher gesagt habe und deswegen gedrängelt habe, dass wir eher das Haus verlassen. Stattdessen stehen wir hier am Ende der Welt in einem unbekannten Ding, das sich aus vielen Kraftfahrzeugen hintereinander zusammensetzt und wissen nicht, wo wir sind. Aber streiten will ich jetzt nicht, weil das Kind gleich nach Australien fliegt und langsam auch hektisch wird. Plötzlich finde ich Australien doch sehr weit weg und statt zu streiten, fange ich an zu heulen. Zwei tiefe Seufzer erklingen und dann im Chor: „Ach, Mamalein!" Ich schniefe und atme durch. Es ist doch alles wie immer, warum rege ich mich auf? Wir stehen im Stau, der keiner ist und verpassen sowieso den Flieger nicht. Alles wird gut. Wer sagt eigentlich solchen Quatsch?

Wir schieben uns im Stau voran. Jetzt heißt er auch hier Stau, weil Google Maps ihn endlich kennt. „Geht trotzdem schneller hier", sagt tröstend der Sohn. Ich frage nicht, warum man hier schneller steht als auf der Autobahn. Denn stehen tun wie hier wie da. Unbeweglich und ohne Chance auf Heilung. Jetzt wird sogar meine Tochter nervös. „Geht das nicht irgendwie schneller? Ich verpasse noch das Flugzeug", sagt sie. Ach, wirklich?

Schließlich haben wir uns dann doch noch bis zum Flughafen durchgestaut. In allerletzter Sekunde knalle ich mit Höchstgeschwindigkeit auf den Standstreifen. Genau wie im Film komme ich direkt vor dem Terminal-Eingang zum Stehen. Während wir noch rollen, springen beide Kinder aus dem Auto, reißen das Gepäck aus dem Kofferraum, heben es über ihre Köpfe und rennen wie besessen los. „Bis bald, Mama, ich hab dich lieb! Ich melde mich", schreit meine Tochter, und mein Sohn brüllt: „Fahr irgendwohin, ich finde dich schon wieder!"

Ich sitze tränenblind hinter dem Steuer und denke, dass diese Art des Abschiednehmens auch was für sich hat. Man muss nicht lange leiden ... und das Kind fliegt gleich, in etwa sieben Minuten. Hat doch alles geklappt.

Ja, das war wirklich so, da ist nichts geschönt und nichts ausgedacht. Alle unsere Reisen waren bisher schlicht wunderbar, und wir haben schon viel gesehen. Immer wieder gern denke ich an unsere Wochen in New York bei Erika. Wir hatten schon unseren Bäcker um die Ecke für's Frühstück, fühlten uns so heimisch, dass wir kurz überlegten, ohne Stadtplan loszuziehen. Erika hat laut und herzlich gelacht – Look smart, get lost!

Ich habe eine ganz persönliche Wishlist, auf der ich alle Ziele aufschreibe, die ich eigentlich noch unbedingt auf dieser Welt sehen möchte. Auf jeden Fall gehören die Chinesische Mauer, Kuba, ein Eisberg, die Pyramiden von Gizeh und Graceland dazu. Im nächsten Jahr fliege ich aber erstmal nach New Orleans und besuche Erika (dort lebt sie jetzt, sie hat New York den Rücken gekehrt). Ich beginne zu träumen – das wird eine prachtvolle Reise werden!

Wohin wir zwischen weit entfernten Ländern und großen Städten immer zurückkehren, ist ein kleines Nest in Holland an der Nordsee. Und dort zelten wir traditionsgemäß dann auch.

GOLDENE FERIENZEIT

Wir fahren in die Ferien. Na ja, wir sind schon wieder Zuhause. Aber wenn wir wirklich in die Ferien fahren, kriege ich im Vorfeld keine Zeile zu Papier. Da hab ich doch keine Zeit für solchen Kram wie die Schreiberei. Da beherrschen mich die VORBEREITUNGEN. Auf die schönste Zeit des Jahres. Wie man so sagt ...

Nun muss ich fairerweise zugeben, dass meine Kinder und ich einen Urlaub im Jahr gern mit Zelten verbringen. Alles andere wäre uns zu einfach. Und es würde im Übrigen bedeuten, dass wir uns Wochen vor Beginn dieser Reise entscheiden müssten, wohin wir wollen.

Wir gehen also auf Campingplätze und sitzen beim Essen auf der Wiese. Vor einem knapp 30 Jahre alten niederländischen Baumwollzelt. Wir schlafen auf stinknormalen, schmalen Luftmatratzen, in Schlafsäcken, die nicht von Herrn Messner in Timbuktu auf halber Höhe in einer Nordwand getestet sind. Wer, um Himmels Willen, erwartet in Holland, Spanien oder Frankreich denn minus 50 Grad in der Nacht?

Nun, vielleicht bin ich einen Hauch zu optimistisch. Kann ja sein. Das befürchte ich jedes Jahr und werfe deswegen schnell drei Wolldecken in unseren alten blauen Renault. Knallrote. Die findet man gut wieder.

Wir zelten also – ohne Strom und selbst aufblasbare 4x4 m-Matratzen, eigene Kopfkissen und Bettwäsche. Kein Kühlschrank und keine Klappstühle vom Designer oder Auslegeware für das Zelt. Wir reisen ohne Gardinen, ohne komplettes Ess-Service nebst edlem Besteck und schöner Tischdecke (Hommage ans Natürliche: sie ist abwaschbar) aus der Kiste hinten im riesigen, sechsstöckigen Hänger.

Wir lieben das! Und all die Camper, die offensichtlich den einzigen Sinn des Zeltens darin sehen, alles was man zuhause hat, auch auf dem Campingplatz zu haben, nur in kleiner und schlechter funktionierend, dafür aber portabel und somit siebenmal so teuer, die versteh ich nicht.

Wir haben auch keinen Hänger am Auto und nichts auf dem Dach. Wir werfen alles in den Innenraum und setzen uns drum herum. Das klappt immer, ich schwöre!

Unser Zelt aufzubauen geht ganz schnell, wir sind ein eingespieltes Team. Eine Stunde für den Aufbau, der auch in gut 20 Minuten zu schaffen wäre, aber wir lassen es uns nicht nehmen, ein bisschen miteinander zu streiten. Das gehört nämlich auch dazu. Das Meckern mit dem, der wieder den Hammer vergessen hat (an den keiner von uns je gedacht hat, aber einer muss ja nun Schuld sein), das Knurren und Brummen und Murmeln und Fluchen, wenn wir dann die Heringe durch Drauftreten im Boden versenken. Das Debattieren, wer die Luftmatratzen aufblasen muss. Das muss auch sein, obwohl immer der Sohn bläst. Und immer die Tatsache verflucht, dass wir nicht so eine Tretpumpe gekauft haben. Zuhause fanden wir, so etwas ist überflüssig. Nun, das ist es für meine Tochter und mich ja auch.

Und so endet diese Geschichte mit dem alljährlich schönsten Moment des ersten Urlaubstages. Dabei ist es egal, ob ich in der Provence sitze, in Spanien oder Italien oder in Holland am Meer – wir liegen vor dem Zelt auf einer der roten Decken, jeder ein Eis aus der Campingkiste, die vorne an der Rezeption ist, in der Hand und gucken zu, wie Klappräder aufgebaut und riesige Trommeln mit 200 Metern Kabeln aus Autos gewuchtet werden, Zelte, Innenzelte, Vorzelte, Nebenzelte und Hinterzelte sich nach und nach auftürmen, Klappstühle, Klapptische,

Klappbetten, Klappkühlschränke und Klappteppiche aus riesigen Aluminiumkisten erscheinen. Kinder werden beschimpft und weggeschickt, weil Papa und Mama laut schreiend die Scheidungsmodalitäten besprechen, denn der zweite Teppich für das Vorzelt fehlt oder sogar der batteriebetriebene Spezialhammer für die Spezialheringe für die Spezialgarage für die kleinen Motorroller, mit denen man über den Camping zum Brötchen holen fährt (geschätzte acht Sekunden Fußweg, wenn man mich fragt. Tut aber ja keiner).

Und wenn dann endlich alles steht und niemand mehr mit irgendwem aus der Familie spricht, dann wirft Mutti den Gaskocher an und kocht für alle. (Spülmaschine hat sie keine, das gibt dann nach dem Essen wieder Krach.) Essen wie zuhause. Nur schwieriger zuzubereiten. Aber im geschlossenen Vorzelt. Wegen der vielen Tiere.

Das ist der Moment, in dem wir uns erheben und in die nächste Pizzeria gehen. Denn das Geld, das wir nicht in einem Laden für Campingzubehör gelassen haben, können wir in den nächsten 150 Jahren in keinem Restaurant ausgeben.

Man könnte durchaus behaupten, dass mein Bewegungstrieb unterdurchschnittlich entwickelt ist. Ich muss nicht turnen, um mich wohl zu fühlen. Ich kann durchaus, einer Echse gleich, stundenlang auf einem warmen Stein verharren oder, wie eine alte, aber überaus glückliche Katze, auf einem Kissen in der prallen Sonne schlummern. Arbeit würde mir auch nicht fehlen, denn auch der Drang, mich über eine Tätigkeit zu profilieren, ist mir nicht angeboren. Profilieren muss ich mich nicht, ich bin vollständig eins mit mir und dem, was ich darstelle (auch wenn die Kleiderfrage immer wieder Unsicherheit aufwirft). Das ist eine Gnade, wie ich immer wieder feststelle. Denn die Liste der Jobs, die ich in meinem Leben schon hatte, ist endlos. Und wenn mich das zu Boden drücken würde, weil ich nur, direkt nach dem Studium, einige Jahre eine *richtige Arbeit* hatte, hätte ich ein Problem. Na ja, das ist zum Glück nicht so.

Schon während des Studiums habe ich geputzt, Nachtschicht in der Taxi-Zentrale geschoben, Regale im Supermarkt befüllt, in Werbeagenturen die Texte geschrieben, die keiner schreiben wollte, Pillenpackungen beschriftet, bei alten Damen übernachtet, die Hilfe brauchten und profimäßig Fenster gewischt. Nachdem die Geburt meines ersten Kindes meine Karriere nicht auf Eis gelegt, sondern komplett gelöscht hat, habe ich Kindergartenkinder in einem Bus zum Schwimmunterricht gefahren, an Käse- und Wursttheken bedient, wieder geputzt und Milchtüten und Joghurtbecher in Regale geräumt, ich habe Kurse für Sprachcomputer gegeben und, zusammen mit meiner Tochter, das Geld für die heiß ersehnte xBox zum Geburtstag meines Sohnes auf dem Trödelmarkt verdient. Ach ja, ich habe auch antiquarische Bücher verkauft und stundenlang versucht, rudimentäre Vorstellungen der deutschen, englischen und französischen Sprache in Schülerköpfe zu hämmern.

Mein Favorit werden aber zeitlebens die Monate sein, in denen ich in einer physiotherapeutischen Praxis Fango angerührt und den Patienten Handtücher gereicht habe. Geleitet wurde dieses außergewöhnliche Etablissement von einem älteren Ehepaar, das so geizig war, dass sie im Patientenbad so viel Wasser in den Seifenspender kippten, dass man ihn auch gleich hätte weglassen können. Und als ich mich wunderte, warum aus den Hähnen so wenig Wasser lief, wurde mir erklärt, man habe die Wasserzufuhr so gut wie ganz zugedreht, um nichts zu verschwenden, die Hände könne jeder ja auch mit wenig Wasser waschen. Faszinierend, oder? Und ich sollte eine Gehaltskürzung in Kauf nehmen, weil ich einigen Patienten unnötigerweise Badelaken zur Verfügung gestellt hatte, statt eines normal großen Handtuchs – und für das wäre ja weniger Waschpulver angefallen.

So gesehen bin ich nicht der Karrieretyp. Aber ich kann für meine Kinder und mich sorgen und das gar nicht so schlecht!

Und wenn wir dann tagsüber faul und gemütlich am Strand liegen, lesen, schwimmen, schlafen, aufstehen und am Strandkiosk ein Eis holen, dann friere ich vor Gemütlichkeit. Oft liege ich einfach da und beobachte, was um mich herum geschieht.

EIN TAG
AM STRAND

Ich liebe es, am Strand zu liegen, zu fühlen, wie die Sonne mich langsam aber sicher aufheizt, mich so richtig durchwärmt und schläfrig macht. Sonnenbrille, Badelaken, ein Buch, eine Flasche Mineralwasser und der ein oder andere nette Anblick im Umfeld. Da kann ich dann einfach liegen und zugucken und zuhören, was um mich herum geschieht – durch halb geschlossene Augen einen realen Film sehen.

Der braun gebrannte Adonis, der ständig in seiner beinahe ekelig kleinen Badehose auf- und abspaziert wie ein Pfau, die nette ältere Dame, die es sich noch immer leisten kann, im flotten Badeanzug gesehen zu werden, die fette Frau mit dem ätzenden Hund, den sie natürlich nicht an der Leine hat, der sportliche Held mit dem Surfbrett, der hektisch Richtung Wasser rennt und gleich genauso nervös nach einer Welle suchen wird, die beiden Teenies, die nackt angezogener wären als in ihren grausamen Häkelbikinis (ich freue mich schon darauf, wenn sie mit den Dingern ins Wasser gehen) und der kleine Junge mit seinem Eimer und dem Kescher, der siegessicher auf Walfang geht.

Kapitän Ahabs Kindertage.

Und da kommt sie, die Mutter, die vollkommen genervt mit Oma am Rollator (der natürlich ständig im Sand stecken bleibt und über den vorne quer ein Reklame-Sonnenschirm gelegt ist), Kind an der Hand, zwei Klappstühle über die Schulter gehängt, eine Riesenstrandtasche hinter sich her schleifend, an mir vorüberzieht und ein nettes Plätzchen sucht. Das Kind rennt direkt zum Meer, da soll es aber nicht hin, Mutti ruft, lässt die Tasche fallen und startet durch, um das Kind einzufangen.

Dann geht es los. Stühle fallen lassen und den einen (den für Oma) direkt entklappen. Oma vom Rollator loseisen und in den Stuhl verfrachten und dann ein buntes Laken ausbreiten. Schnell die Strandtasche daraufstellen, damit es nicht wegweht. Das Kind will sofort das Spielzeug für den Sand und fängt an, gegen die Tasche zu treten, bis sie umkippt und alles herausfällt. Die Mutter seufzt ergeben, vergräbt aber weiter neben Oma den Sonnenschirm im Sand. Er fällt permanent um, das Kind lacht, Oma macht gar nichts. Irgendwann steht das Ding und wird sofort aufgespannt, damit die schweigende Oma im Schatten sitzt. Das Kind hat mittlerweile die Plastik-schaufel gefunden und damit eifrig Sand auf das Badela-ken gekippt. Mutti wirft ergeben alles – außer Kind und Schaufel – in die Tasche und schüttelt das Laken aus. Sie setzt das Kind wieder hin, zieht ihm Hose und T-Shirt aus und beginnt umgehend, es einzucremen. Aha, sie ist von der *Mein Kind läuft nackt am Strand*-Fraktion. Ich kriege langsam Gänsehaut, weil ich weiß, was als nächstes pas-sieren wird. Das Kind bekommt ein buntes Hütchen auf-gesetzt und wirft sich umgehend zum Panieren in den Sand. Ich grinse. Das wusste ich!

Mutti schleppt das kreischende Kleinkind unter eine Stranddusche und beginnt danach wieder mit dem Ein-cremen. Irgendwann ist alles fertig. Omi schläft auf dem Klappstuhl unter dem Sonnenschirm, das Kind wirft mit Sand, die Getränke sind neben Oma halb im Sand vergra-ben, damit sie kühl bleiben, und Mutti hat sich entkleidet. Unter ihrem praktischen Frotteekleid ist sie schon im praktischen Einteiler. Auch sie trägt jetzt Hütchen.

Der zweite Stuhl wird noch rasch aufgestellt, aber sie setzt sich nicht. Sie drapiert sich auf dem Laken, flach gelegt sieht sie schlanker aus und wird auch unter dem Kinn braun. Dann, ich wusste auch das, schiebt sie die Träger vom Badeanzug zur Seite und zieht ihre Arme heraus – zur Verhinderung von Streifenbildung. Ich sehe, wie alles etwas zur Seite kippt an Mutters Oberweite und beginne, leise zu lachen. Nicht, weil ich so gemein bin, sondern eher, weil ich das kenne. Ab einem gewissen Alter sollte man, wenn man auf das Aussehen achtet, lieber weiße Streifen auf den Schultern riskieren. Das ist die Wahrheit.

Jetzt kann ich mich beruhigt meinem Buch zuwenden oder einschlafen. Der zweite Klappstuhl ist für Vati, der nach der Arbeit zum Strand kommt. In Anzug und Schuhen, mit Zeitung unter dem Arm. Er tätschelt Mutti und auch das Kind, wirft einen kritischen Blick auf Oma. Danach sitzt er breitbeinig in schwarzen Lackschuhen am Strand und entfaltet mit so einer ganz typischen Bewegung die Tageszeitung.

Wenn wir reisen, fliegen wir meistens und mieten dann einen Wagen. Was superspannend ist. In Neapel erwartete uns vor zwei Jahren ein Fiat Panda in knallrot. Der war so zerbeult, dass unser deutsches Auge sich vor panischem Entsetzen weitete. Hatte man uns nicht im Internet noch mehr als dringlich ans

Herz gelegt, vor Reiseantritt mit dem Mietfahrzeug jeden noch so winzigen Schaden per Foto zu dokumentieren und dem Mietservice zum Gegenzeichnen vorzulegen? Wir wussten nicht, wo wir hätten anfangen sollen mit dem Fotos machen. Das ganze Auto war nagelneu, hatte nur ein paar Tausend Kilometer auf dem Tacho, war aber eine einzige, riesige verbeulte Schramme. Wir sind also wieder in das Büro marschiert und haben gefragt, ob man uns in irgendeiner Form den Zustand des Wagens dokumentieren könne. Strahlend fegte der Typ hinter dem Schalter mit einem dicken Edding über die Skizze des Wagens, machte viele schwarze Kreuze und sagte freundlich: „Alles kaputt, macht nix, Auto ist neu, fährt super! Gute Reise, gute Reise, gute Reise!"

Ja, so geht es auch. Uns hat das gefallen. Zumal wir uns direkt heimisch fühlten – unser alter Renault war ganz sicher gesundheitlich schlimmer dran als dieser kleine Panda, in den mein Sohn sich kaum reinfalten konnte. Aber wir sind mit diesem Flitzer mitten durch Neapel gedüst, entspannt und fröhlich. Kaputt machen konnten wir ja nichts mehr. Und genau deswegen haben wir sicher auch nicht einen einzigen Kratzer an den Wagen gemacht.

KATASTROPHENBLAU

Meine Tochter hat den Führerschein gemacht. Und unsere Finanzen erlauben lediglich das Mutter-Tochter-Carsharing. Fährt sie, kann ich nicht. Fahr ich, kann sie nicht. Irgendwie regeln wir das immer. Wenn unser Auto überhaupt fährt!

Denn das Objekt unserer Begierde ist ein dreizehn Jahre alter Renault scenic, knapp 200000 Kilometer *weg*, dunkelblau, verbeult, auf der Fahrerseite kann man praktischerweise das Fenster nicht mehr öffnen, dafür auf der Beifahrerseite die komplette Tür nicht mehr, die Tankklappe fiel letztens einfach ab. TÜV-Termine lehren uns beten, kurze Röcke tragen und lächeln, lächeln, lächeln. Was die Lippen hergeben!

Vor der letzten großen Reparatur musste quasi immer einer von uns mit einem 10 Liter-Kanister Öl unter der Motorhaube mitfahren und permanent nachkippen. Dieses Auto verlor Öl schneller als ein Politiker seine Glaubwürdigkeit.

Und zu dritt mussten wir auch fahren. Generell. Einer am Steuer, einer unter der Haube mit dem Öl und einer aus dem hinteren rechten Fenster hängend (das sich glücklicherweise noch öffnen lässt) mit der Luftpumpe in der Hand. Denn der Reifen verlor Druck.

Außerdem gab es noch dieses magische Lichtspiel. Blinkte man rechts, ging vorne das Abblendlicht nicht, blinkte man gar nicht, sondern bremste, ging die Innenbeleuchtung an. Hatte man abends Licht an, durfte man nicht bremsen, weil dann alles Licht ausging.

Und dann die Sache mit der Batterie. Die war kaputt. Eine Neue war in dem Monat nicht im Budget von uns dreien. Also hat ein guter Freund eine alte Dieselbatterie aufgeladen und in den Kofferraum gestellt. So konnte ich mir selbst Starthilfe geben. Und das ging so:

Auto springt nicht an, ich gehe nach hinten, öffne die Heckklappe, hole die Batterie raus, wanke mit dem sauschweren Teil nach vorne zum Auto, stelle es keuchend ab, öffne die Motorhaube und klemme Kabel an, schwarz und rot. Die Kabel habe ich von der geliehenen Batterie gar nicht mehr entfernt, sondern sie immer hinter mir hergeschleift nach vorn. Dann rein ins Auto, Schlüssel drehen, Auto an, aussteigen, nach vorne gehen, Batterie abklemmen, nach hinten schleppen, nicht über das Starthilfekabel stolpern, alles ins Auto hieven, hinten Klappe zu, vorne Klappe zu und losfahren. Nach den ersten 65 Mal habe ich mich auch nicht mehr geschämt.

Bis auf das eine Mal, als ich den Parkplatz kaputt gemacht habe. Da steht man vor einem Kasten, aus dem man das Parkticket ziehen muss. Für mich sowieso nicht so dolle, weil mein Fenster ja nicht aufgeht. Also Tür auf, raushängen. Gang rausnehmen nicht vergessen, denn ich bin nicht lang genug, um einen Fuß auf der Kupplung zu haben, wenn ich das Parkticket um die Tür herum aus dem Kasten ziehe. Ich vergesse natürlich des Öfteren den Gang rauszunehmen, so auch jetzt, das Auto geht aus und selbstverständlich auch nicht wieder an. Also Aktion siehe weiter vorne.

Nun war es an diesem Parkplatz so, dass nach dem Ziehen des Tickets ein Poller im Boden versank und man drüberfahren konnte. Nach ungefähr Zwei Drittel der üblichen Autostartaktions-Zeit fuhr der Poller einfach wieder hoch und blieb da auch. Um ihn wieder zu versenken, hätte man ein weiteres Ticket ziehen müssen, aber das kam nicht aus der Kiste, weil ich ja schon eines hatte, ohne auf den Parkplatz gefahren zu sein. Irgendwie in der Art jedenfalls, nehmen wir an – ganz verstanden haben wir es auch nicht, aber peinlich war es. Vor allem, weil mein Sohn sich vor Lachen so krümmte, dass die Menschen in der Autoschlange hinter uns wahrscheinlich angenommen haben, der Knabe kommt nieder.

Nachdem der Wagen an war, habe ich meinen immer noch vor Lachen am Boden liegenden Sohn eingesammelt und bin einfach weggefahren und erst nach gut 30 Minuten wiedergekommen. Da war der Parkplatz wieder heil, ich konnte ihn einfach benutzen, im Supermarkt 40 Liter Öl kaufen und Beruhigungstee.

Mittlerweile ist unsere blaue Katastrophe komplett renoviert ... innerlich. Details wie Fenster oder fehlende Klappen bleiben, wie sie sind. Aber es ist nicht mehr so ultimativ komisch jetzt, sagt mein Sohn.

Das macht mich jetzt beinahe sentimental, denn der blaue Renault lebt nicht mehr. Tief betrübt haben wir ihn irgendwann zum Schrott gefahren. Er musste quasi auf seinen eigenen Reifen zum Schafott. Wir fanden uns so grausam.

Mit Tränen umflortem Blick sind wir zu einem Schrottplatz gefahren. Meine Kinder in dem blauen Todgeweihten, ich im Polo der Tante dahinter. Wir mussten ja nach dem Schlachten wieder nach Hause kommen.

Das Ganze hatte durchaus tragische Elemente und ich habe jede Sekunde ausgekostet. Eigentlich wollten wir noch Fotos machen und etwas singen, aber das war uns dann doch zu peinlich. Wir sind einfach gegangen. Ein tragischer Tag. Es hat wirklich keine andere Möglichkeit mehr gegeben. Eine Rettung war unmöglich, das Ende unausweichlich.

Jetzt fahren wir ein Auto, das zwar nicht mehr jung ist, aber wirklich einfach nur fährt. Das finde ich toll und genieße es bewusst. Aber so richtig Charakter hat das nicht. Und wenn ich tanke oder in die Waschanlage fahre, bin ich nur noch eine von vielen und kann mich also eigentlich nicht mehr über die *Anderen* amüsieren …

Aber wer mich kennt, weiß, dass ich es trotzdem tue. Ich kann gar nicht anders.

AUTOGESCHICHTEN

Ich tanke nicht gerne. Weil es teuer ist und ich nicht wirklich sehen kann, dass ich für mein Geld was bekomme. Ich weiß, ich bekomme Sprit, und dann fährt mein Auto. Aber ich habe nichts Schönes in der Hand ... nur Benzin im Tank ... und das riecht nicht gut.

Während ich tanke, ist mir immer langweilig, darum schaue ich mich um. Meine Blicke schweifen etwas leer durch die Gegend. Eine Tankstelle ist nicht gerade der Ort, von dem ich annehme, dass ich etwas Spannendes zu sehen bekomme.

Und dann bleibe ich doch an einer Stelle hängen. Da sind nämlich erstaunlich viele Menschen, die ihren Wagen reinigen wollen. Mit Waschanlage, Unterbodenwäsche und Radkappenspezialbürsten – mit Hochdruckreinigern, Spray zum Schutz der Felgen, einem Vorher-Putztuch und einem Nachher-Putztuch und ernster Miene ...

Autopflege scheint eine wichtige, aber vor allem humorlose Angelegenheit zu sein. Wenn etwas wichtig ist, ist es nicht lustig. Autos sind offensichtlich wichtig. Und somit versteht beim Spezialeffekte-Carwash niemand auch nur den geringsten Spaß!

Schlimm ist bei so etwas, dass ich direkt das Kichern kriege. Und zwar das offensichtliche Kichern. Jeder weiß, woran ich gerade meine Freude habe. Das ist so peinlich! Aber ich kann nichts daran ändern. Ich sehe all diese ernsten Menschen, die mit Karten für das spezielle Pflegeprogramm in ihren Händen dastehen oder mit fest zusammengekniffenen Lippen und eiserner Miene dampfstrahlen. Das bringt mich zum Lachen, weil es einfach, wenn man es aus meinem Blickwinkel betrachtet, komisch ist. Irgendwann wird jemand die Spezialbürste gegen mich und mein breites Grinsen erheben. Mit strengem Blick! Ich sehe es bereits vor meinem inneren Auge und finde auch das saukomisch!

Und immer, wirklich immer, ist einer dabei, der gerade, Hände tief in den Jackentaschen vergraben, sehnsüchtig durch das geschlossene Plexiglas-Tor der Waschanlage auf sein Auto starrt. Ich bin geneigt, ein Trostbonbon zu reichen. Aber das tut man nicht. Es gibt Menschen, die trauern lieber alleine, und dieser Mensch vermisst sein Auto, das völlig allein und verlassen in einer Waschanlage steht, die im Trockner-Modus nicht betreten werden darf. Schrecklich ist so etwas, bitter und leidvoll.

Viele saugen auch. Da sieht man nur ernsthafte, sanft schaukelnde Hinterteile aus Autotüren ragen – voller Harmonie, im Einklang und im Takt mit den Krümeln, die durch den dicken Schlauch zur Hölle fahren.

Ich liebe besonders den Moment, wenn jemandem, der in bester Innenreinigungs-Haltung irgendwo kopfüber im Fahrerraum klemmt, der Staubsauger ausgeht – die 50 Cent sind verbraucht.

Zugegeben, ich weiß nicht wirklich, wovon ich spreche. Weil mein Auto mittlerweile ein gut 20 Jahre alter Audi ist, außen meistens schmutzig und innen voller Krümel. Ich liebe ihn, und ich wünschte, ich würde auch gerne tanken, es mögen, mein Hinterteil bei einem umfassenden Reinigungsritual zu schaukeln und ängstlich durch die Scheibe starren, wenn er getrocknet wird.

„Liebes", sagt mein Audi, „mach dir keinen Kopf, wir brauchen so etwas nicht. Wir sind die Abenteurer, das ist viel besser. Denk nur an mein Öl."

Abenteuer. Ein magisches Wort voller Verheißung – jedenfalls für mich. Man kann aus fast allem im Leben eines machen, und das habe ich immer getan und werde es immer tun. Manchmal träume ich vom ganz großen Abenteuer und wünsche mir nichts mehr, als das Indiana Jones an einer Liane durch mein Fenster schwingt, seinen berühmten Hut zurechtrückt, einen Arm um meine (schmale) Taille schlingt und sich mit mir auf Schatzsuche begibt. Da fühl ich mich dann schon etwas unterfordert, wenn ich an meine Abenteuer denke. Aber meistens bin ich ganz zufrieden mit ihnen. Es kann durchaus auch ein Abenteuer sein, sich selber einen neuen Haarschnitt zu gönnen, einfach einen Job nicht zu machen, auch wenn die Bezahlung verlockend ist und stattdessen einen Rieseneisbecher zu essen, zu fotografieren, zu schlafen oder zu träumen. Aber schön sein, das wollte ich schon immer. Schmal und blond und sportlich. Nun, man will immer haben, was man eben nicht hat. Das weiß ich, aber das macht die Begierde nicht kleiner. Ich möchte zum Beispiel so gerne auf einem Foto richtig toll aussehen. Das Foto würde ich dann in schlechten Momenten zur Hand nehmen und mich daran erfreuen. Mich anblicken und lächeln, weil ich so hübsch aussehe, mit dem Bild ein bisschen hausieren gehen, es bei Instagram oder Whatsapp als mein Avatarbild nehmen und alle finden es grandios. Ich seufze begehrlich und auch ein bisschen ergeben. So ein Foto gibt es von mir nicht. Damals, in grauer Vorzeit, als ich jung war, da sind sie vereinzelt aufgetaucht, sehr vereinzelt. Denn auch da hatte ich schon diese Fähigkeit, genau im richtigen Moment falsch zu gucken.

Das führt mich zu einer speziellen Erinnerung – meine Tochter, der Teenie, wollte auch gerne Fotos haben, schöne Fotos von sich. Wie viele Sonntage habe ich damit zugebracht, das Kind ins rechte Licht zu rücken. Etwas wie leichte Wehmut beschleicht mich. Sie fand alle Bilder doof, ich wundervoll.

Aber dann fällt mir ein, sie wollte ja auch immer mich fotografieren – das war das Schlimme an diesen Tagen.

FALTENWURF
UND BLITZLICHT

Heute hatten wir so schön viel Zeit, und ich wusste, was kommen würde. Und es kam.

Meine Tochter schleppt nach dem Spätstück (jenseits der 11 Uhr-Grenze sprechen wir hier nicht mehr von Frühstück) ihren tonnenschweren Sack mit Schminkutensilien an und sagt nur zwei Worte „Mama, Fotos!"

Oh, mein Gott, ich hasse das. Weil ich gefühlte acht Milliarden Fotos von mir kenne, die ich allesamt verbrennen möchte, mitsamt dem jeweiligen Fotografen! Und wenn dann noch so ein lustiger Mensch in mein persönliches Krisengebiet stapft und was von „Man kann nur fotografieren, was auch da ist" faselt – dann drehe ich durch.

Ich schwöre, ich schwöre auf was auch immer, das stimmt nicht! Von mir existieren Fotos, so habe ich in meinem ganzen Leben noch nicht eine Sekunde lang ausgesehen. Denn, wenn es so wäre, hat man mich längst eingefangen, eingeschläfert, präpariert und ausgestellt. Und? Ich lebe noch! Womit bewiesen wäre, dass man durchaus Dinge ablichten kann, die in der realen Welt nicht vorhanden sind.

Lückenlose Beweisführung nennt man das. Ich bin ja nicht blöd.

Es gibt nur einen Flaschengeist, der dafür sorgt, dass Fotos von mir generell optische Entgleisungen von höchster Komplexität sind.

Aber, ist schon in Ordnung, das Kind will neue Bilder von sich. Das geht schnell und einfach. 20 Fotos, 20 Treffer. Sie sieht immer gut aus. Was schreibe ich – gut? Wunderschön, originell, von nichts zu viel, von nichts zu wenig. Sie legt sich eine Serviette auf den Kopf und lacht charmant. Und man hat, schwupps, ein geniales Bild von einer unglaublich schönen Frau mit originellem Kopfputz. Ich sehe mit derselben Serviette aus, als hätte ich Freigang aus der geschlossenen psychiatrischen Abteilung. Aber nur ganz kurzen Freigang, direkter Weg zum Präparator.

Nun bin ich praktizierendes Muttertier und deswegen in erster Linie saumäßig stolz auf meine Kinder. Deswegen liebe ich es, meine Tochter zu fotografieren. Das könnte ich stundenlang und voller heißer Begeisterung.

Aber leider will das Kind dann auch. Und damit beginnt meine Odyssee durch das Tal der Tränen. Klick, klick, klick, klick. Ich stehe wie erstarrt und weiß, ich gucke wie eine Vollidiotin mit drei Kinnen und Gesichtsplissee – schauderhaft. Und sogar mein Kind, das mich liebt, zuckt zusammen, wenn sie auf das Display der Kamera guckt und löscht ganz schnell, was sie da sieht. „Verwackelt, Mama, total verwackelt", nuschelt sie und lächelt zwanghaft. „Lass uns aufhören", bettele ich verzweifelt. Aber sie ist nicht mehr zu bremsen, das weiß ich schon. „Das kriegen wir hin", sagt sie tapfer und wieder klickt es viele viele, unendlich viele Male. Manchmal lacht sie laut, lässt mich gucken. Oh, das Nilpferd in Jeans und dem gestörten Gesichtsausdruck hatte ich im Garten gar nicht bemerkt. „Kannst eines der Bilder ja kleiner machen und schwarzweiß oder so", sagt meine Tochter. Wie klein? Briefmarkengröße?

Irgendwann, nach vielen tausend Seufzern, ist dann ein Foto dabei, das wir nehmen. Also eines, das wir nicht direkt schweigend löschen. Erleichterung in beiden Gesichtern. „Da siehst du richtig gut aus, Mama", sagt mein liebes Kind und reicht mir die Kamera voller Stolz. Ich sehe auf dem Bild genauso dämlich aus wie auf allen anderen, aber ich nicke und reiße die Kamera an mich.

Das Foto lösche ich nachher, wenn ich alleine bin.

Das Telefon klingelt. Da muss ich wohl reagieren, obwohl ich so gar keine Lust dazu habe. Festnetz-Telefon. Da rufen nur noch ganz wenige Menschen an, meine Schwiegermutter und meine Tanten und eine meiner Freundinnen. Also ist für mich überschaubar, mit wem ich jetzt erstmal reden werde. Und vielleicht kann ich einfach sagen, ich wäre extrem beschäftigt. Das hat sich nun wirklich in den letzten 20 Jahren nicht geändert – ich mag das Telefon nicht. Ein Grund hat das nicht, ich habe einfach nie Lust zu telefonieren.

Mein Handy rappelt jetzt zeitgleich. Da ist die Auswahl derer, die mich stören, weitaus größer. Das Surren ignoriere ich und spreche erstmal mit meiner Festnetz-Tante. Während ich das tue, blättere ich aber weiter in dem Stapel von Tagebüchern. Mein Handy liegt neben mir und surrt nicht mehr. Und da ist er schon, der Tagebucheintrag, den ich gesucht habe.

VERBINDUNGEN

Ich habe mein Handy immer dabei, ich spiele damit rum, wechsle, ganz nach Laune, den Hintergrund, schreibe endlose Mengen von Notizen und Nachrichten und kriege genauso viele zurück und mag das!

Was ich ganz und gar nicht mag, ist die Mailbox. Die geht mir auf die Nerven. Deswegen höre ich sie nur selten ab. Was zur Folge hat, dass ich, wenn ich mich denn dorthin begebe, in einer nahezu endlosen Schleife hänge, bis ich zur aktuellen Nachricht komme: „Hier ist Ihre automatische Mailbox, Sie haben 48 neue Nachrichten. Nachricht 1, empfangen am 30. Januar 1786 von Anrufer 01222 475482, keine Nachricht hinterlassen, Verbindung zum Anrufer mit der Sieben... Nachricht 2, empfangen am 3. Februar 1802 von Anrufer 0153475896, „Hallo Ulla, ruf doch an", Verbindung zum Anrufer mit der Sieben. Bis ich bei der Nachricht bin, die ich hören will, bin ich längst eingeschlafen oder geplatzt vom erhöhten Adrenalinpegel.

Außerdem rufe ich ewig bei dem Spielchen jemanden an! Aus Versehen! Weil ich keine Geduld habe und dann auf irgendwelche Knöpfe drücke, in der irren Hoffnung, die Dame mit der Stimme einer Therapeutin, die in meiner Mailbox wohnt, würde einen Tacken schneller sprechen oder zehn „Verbindung zum Anrufer mit der sieben" überspringen. Das ist doch moderne Technik, das muss doch gehen! Niemand auf der ganzen Welt, da bin ich mir sicher, hört seine Mailbox regelmäßig ab. Ok ja, vielleicht ein besonders wichtiger Politiker. Damit er weiß, ob er gerade Parteivorsitzender ist oder nicht. Oder Britney Spears, um sich an ihren Namen zu erinnern.

Und wenn ich, beim Fucking-mailbox-Abhören, wieder einmal versehentlich jemanden anrufe, ist es immer ein Videocall. Urplötzlich sehe ich mich auf dem Bildschirm vom Handy. Mit wirrem Haar und genervtem Gesicht. Schön nach unten guckend (weil ich ja auf den Tasten rumhacke wie blöd) mit Extra-Kinn. Das ist dann der Höhepunkt meiner Mailbox-Hass-Tour. Ich stell mir sofort vor, jemand geht ran und sieht mich. Und da ich keine, wirklich keine einzige Handynummer irgendeiner Person zuordnen kann, ist es auch der Jackpot, wer mich so sehen würde. Ist eigentlich aber auch total egal. Niemand sollte mich je so sehen. Ich mich auch nicht.

Hektisch beende ich den Videoanruf durch Drücken aller Befehlstasten, die da sind. Was meist zur Folge hat, dass die Dame aus der Mailbox leider wieder von vorne beginnt.

Außerdem wünschte ich, die Taste-7-Frau würde nicht mit dieser alles verstehenden und verzeihenden Stimme reden. Allein das macht mich schon aggressiv. Meint die, ich bin blöd? Oder will sie mich sanft maßregeln, weil ich so selten bei ihr anrufe? Was will die mit dieser Stimmlage? Ich wünsch mir einen Typ, der sagt: „Pass auf, du hast jetzt drei Wochen hier nicht angerufen, jetzt lösche ich erst ohne Rückfrage alles, was bis gestern eingegangen ist. Ist ja nun kalter Kaffee und du hast, wenn es wichtig war, sowieso alles versemmelt, weil es längst zu spät ist". Das wäre eine Ansage.

Ach ja, am Ende dieses Leidensweges sagt die gute Frau (ich verstehe das als persönlichen Angriff): „Zum Abhören alter Nachrichten drücken Sie bitte die 2". Ich warte immer auf „Und wenn Sie Ihr geheimes Herzblatt sehen wollen, drücken Sie bitte die 6". Mach ich aber nicht, soll es doch geheim bleiben.

Ich hasse meine Mailbox!

Wie entspannend können Regentage sein. Und wie gemütlich kann es sein, ganz alleine auf dem Fußboden zu hocken und in Erinnerungen zu schwelgen.

Mein Gott, war ich damals jung. Damals habe ich noch geglaubt, ich kann die Welt verändern. Na ja, das denke ich immer noch, nur habe ich den Radius deutlich verkleinert. Da sind die Klassiker geblieben, wie der Wunsch, aus meinen Kindern gute Menschen zu machen. Na ja, ich möchte sie definitiv lieber zu glücklichen Menschen machen. Das ist egoistischer und sicherlich auch politisch nicht so ganz korrekt, aber das ist mir egal. Weil ich nämlich glaube, dass glückliche Menschen selten bösartig, engstirnig oder neidisch sind. Weil ihnen ihr eigenes Leben gefällt, blicken sie gelassen über den Tellerrand und suchen nicht ständig nach anzuprangernden Ungerechtigkeiten, wollen nicht immer die Kirschen, die gerade jemand anders in die Hand gelegt bekommt. Ausgeglichenheit ist das magische Wort für mich. Bei meinem Temperament ist das eher Wunschdenken, aber wahrscheinlich zieht dieser Zustand mich deswegen wie magisch an.

Nörgeln kann man immer und über alles, sich mit dem wohl fühlen, was einen umgibt, ist eine Kunst, die immer unterschätzt wird. Da fällt mir wieder ein Zitat ein: „Es muss nicht immer alles genau stimmen." (Paul Schibler).

So ist es.

Manches klappt nicht mehr, wenn man älter wird, weil sich Türen schließen und man nicht schnell genug hindurchgegangen ist. Damit muss man leben. Ich kneife meine Augen zusammen und muss wieder grinsen – Lesen konnte ich ohne Lesebrille. Darum mag ich meine Tagebücher auch so. Meine Schrift war schon immer groß und etwas ausschweifend. Das kann ich also noch immer problemlos und ohne Brille lesen. Wie jung ich doch bin. Mit Kontaktlinsen aber ohne zusätzlichen Zusatz quasi.

WO BIN ICH?

Ich habe Myopie. Nein, nicht Möpse. (Ja, doch, die auch.)

Myopie ist griechisch oder lateinisch – ich habe es gerade vergessen –, kommt von Myops und bedeutet kurzsichtig (das habe ich gegoogelt). Ich bin ein Blinzelgesicht, denn wenn ich was sehen will, kneife ich die Augen zusammen. Dann sehe ich zwar auch nichts, hab es aber versucht. Und dabei blöd ausgesehen.

Um diese Geschichte überhaupt schreiben zu können, musste ich Dinge wie dies lesen, ich zitiere:

„Die Achsenmyopie ist die häufigste Ursache der Myopie. Sie stellt eine hereditäre Bulbusanomalie dar, bei der der Brennpunkt aufgrund eines zu langen Augapfels vor der Netzhaut liegt."

Alles klar? Gut. Es bedeutet, dass ich blind wie ein Maulwurf bin.

Und genau deswegen trage ich eine Sehhilfe – weil ich ohne nichts sehen würde. Mit schon.

Mein lieber Sohn hat mir neulich erklärt, dass das, was ich allabendlich nach dem Entfernen der Kontaktlinsen in mein Gesicht stecke, nicht mehr als Nasenfahrrad durchgeht. „Das ist ein Gesichtsrollator", sagt das Kind. Wegen der dicken Gläser. Da kann der Optikermeister transzendental schleifen, solange er mag. Es bleiben die Böden alter, gläserner Colaflaschen. Und ich sehe aus wie Puck, die Stubenfliege.

Der Junge liebt es, meine Brille aufzusetzen und damit so unfassbar auszusehen, dass ich froh bin, dass ich es nicht sehen kann. Weil er ja meine Brille hat. Meine Tochter hat ein Foto davon gemacht, dann haben sie mir meine Brille wiedergegeben und mir das Bild gezeigt. Und ich wusste wieder, worum es bei dem Thema *Mutterinstinkt* geht und warum es nicht EIN Foto von mir mit Brille gibt!

Bei der Geburt meiner Kinder durfte ich keine Kontaktlinsen tragen. Warum auch immer nicht. Und so bin ich mit Rollator im Gesicht niedergekommen, das war kein Spaß. Weil alle mir immer ins Gesicht starrten. Meine Tochter ist ganz unbemerkt zur Welt gekommen, jeder im Raum hat nur mich und meine Brille angesehen. Bei meinem Sohn durfte ich deswegen auch die Brille nicht aufsetzen und musste ganz ohne Sehhilfe ein zweites Mal Mutter werden. Das war ziemlich doof, alle beguckten begeistert mein Kind und ich sah nicht einmal meine Knie.

Weise Menschen haben errechnet, dass man bei minus zwei Dioptrin etwa einen halben Meter weit deutlich sieht. Ohne Rollator. Dann kann man also bei minus vier Dioptrin noch 25 cm weit gucken, bei minus sechs Dioptrin noch 12,5 cm ... und so weiter. Ich weiß also eigentlich nicht mal, was in mir drin los ist. Und das kommt hin.

Zumindest muss ich mich nie mehr fragen, warum ich mich nicht verstehe. Das alte Blinzelgesicht sieht ja nichts. Logisch, oder?

Es gibt auch viel Hilfe für Möpsemenschen wie mich. Mein Lieblingsreklameposter hat den Titel „Aufstehen ohne Brille". Oho. Ja, das ist schön. Das kann ich auch. Nur weggehen ist schlecht, weil ich unweigerlich am nächsten Pfosten klebe.

Also versteh ich die Werbung nicht und habe jeden Abend was zum Nachdenken, bevor ich einschlafe.

Großer Seufzer. Jetzt fühle ich mich gerade doch ein bisschen alt. Wenn man so gefaltet auf dem Boden hockt, findet sich immer seltener eine gemütliche Position. Das Sesselsitzalter naht. Dabei war ich immer ein Bodensitzer, mein ganzes Leben schon. Wenn mein Sohn wieder fies ist, sagt er „Bodendecker". Dabei liebt Herr Rubens bei mir Brust und Bauch viel mehr, als mein Hinterteil. Insofern kann ich gar nicht so sitzen, wie das Kind es mir unterstellt.

Ich will aber nicht in einem Sessel sitzen, das würde mir nicht gefallen. Perfekt ist es, auf der Erde liegend meinen Gedanken nachzuhängen. Im Sitzen kann man gar nicht denken, glaube ich. Zumindest nichts Sinnvolles oder Kreatives.

Ob ich mich bald vom Denken verabschieden muss, weil ich nur noch mit Antischwerkraftgürtel wieder auf die Beine komme? Was für eine überaus triste Vorstellung! Ich tue mir so schrecklich leid. Da passt, was ich gerade aufgeschlagen habe:

LICHTVERHÄLTNISSE

Mehr und mehr stelle ich fest, dass ich nur noch dann annähernd mit meinem Aussehen zufrieden bin, wenn bestimmte Rahmenbedingungen vorhanden sind. Erschreckend aber wahr. Haare machen, schminken und Kleidung wählen erfordert bald mehr Zeit als das anstehende Ereignis selbst.

Das kann durchaus entmutigend sein. Weil trotz intensiven Zeitaufwands oft nicht alles so klappt, wie ich das will. Die Zahl der Jeans, die nicht sitzen, wie ich es möchte, und der T-Shirts, die irgendwie ganz aus der Form sind und ungünstig an mir aussehen, nimmt bedrohlich zu.

Ich bin zu einer Art Projekt geworden. Einem renovierungsbedürftigen Altbau.

Die Zahl der zu hoch anmutenden Hürden wächst stetig. Denn wenn ich dann endlich in einer Hose stecke, die mein Hinterteil doch noch hübsch in Szene setzt, der korrekte Blauton beim Kajal gefunden ist und die Frisur sitzt, dann muss ich ins rechte Licht. Denn jedes Licht geht nicht mehr. So wie früher *hinsetzen und gut ist* – das ist schon lange Geschichte! Was ich brauche ist dezentes Licht. Und davon möglichst wenig. Taktisch klug positioniert. Dann und nur dann kann der Abend noch etwas werden.

Bevor ich aber endlich im gnädigen Halbdunkel sitze, habe ich einen langen und steinigen Weg beschritten. Unter anderem dieses Licht von oben (direkt in mein entsetztes Gesicht) in Umkleidekabinen. Das, liebe Boutique-Inneneinrichter, das ist doch wohl nicht euer Ernst, das geht gar nicht. Will ich jede Delle und jede Falte sehen, wenn ich neue Klamotten anprobiere? Will ich wissen, wie mein Hinterkopf heute aussieht? Alles gnadenlos Neonlicht verstrahlt? Nein, will ich nicht. Ich will Energie (und Nerven) sparendes Dämmerlicht. Mannmannmann! Das ist doch nicht so kompliziert oder?

Aber, um es gleich vorwegzunehmen, es muss auch keine Kabinen geben, auf denen steht „Gnadenlichtkabine für die Kundin ab 45".

Die Größe dieser Kabinen sowie die für die Privatsphäre angebrachten Vorhänge tragen allerdings auch nicht zum genussvollen Einkauf bei. Jedenfalls nicht zu meinem. Es gibt da, so wie ich das sehe, zwei Typen. Die Boutique-kabine und die Kaufhauskabine, auch für starke Frauen geeignet. Allein dieser Begriff lässt mich schaudern, der ist doch grauenvoll. Und wer leicht älter ist, muss ja nicht direkt auch stärker sein. Geht aber bei Kabinengestaltern offensichtlich Hand in Hand.

Boutique ist immer gedacht für die Dame bis 1 Meter 35 in der Höhe und maximal Kleidergröße 34. Steht ein normaler Mensch in der Kabine, klemmt er direkt zwischen den Wänden und kann nichts mehr anprobieren. Spätestens dann, wenn noch so eine Verkaufselfe den Vorhang beiseite reißt, mich stumm von oben bis unten ansieht und sagt: „Ob wir das aber in Ihrer Größe haben" mag ich nicht mehr. Verkaufsfördernd ist etwas anderes.

Kaufhauskabinen hingegen sind oft so groß, dass man den Hund beim Anprobieren Gassi führen kann. Das finde ich vollkommen in Ordnung, allerdings demotivieren mich die Haltegriffe an den Wänden und die Schachteln mit Kleenex. Die stehen da, damit ich mir den Schweiß abwischen kann, weil das Umziehen so anstrengend ist, glaube ich. Und das alles macht mich eher traurig und unlustig. So schlimm ist es mit mir auch noch nicht. Zumal ich, trotz der Lebenshilfen für dicke, alte und gebrechliche Menschen, auch hier direkt von oben mit Licht verstrahlt werde.

Gelassen schlendere ich jetzt einfach davon und ziehe zuhause im Dämmerlicht meine geliebte alte Jeans und ein schwarzes T-Shirt an. Wie immer eben. Seit Jahrzehnten.

So gesehen, würden aber alles in allem einige kleinere Veränderungen an den Kabinenbedingungen und der Zeitachse vollkommen ausreichen, und auch ich könnte einen prächtigen Abend verbringen.

So ist das wohl wirklich, aber ich kann es nicht immer hinnehmen und das berühmte *mach dir nichts daraus* ausleben. Nein, eigentlich will ich schön sein und besonders und nichts soll runterhängen. In Würde zu altern – wie geht das? Meine Freundin Maude und ich erwägen wirklich, ein Botoxexperiment zu wagen. Aber danach sehen wir alt UND bearbeitet aus, sagt Maude. Das ist auch nicht schön. Dann doch lieber in Würde vergammeln. Hmmm.

Aber meine Träume behalte ich. Als ich jünger war, habe ich gedacht, auch sie verblassen mit den Jahren oder wandeln sich. Das ist nicht so. Ob es Hoffnungen zu meinem Aussehen, meinen Fähigkeiten, der großen romantischen Liebe oder schlicht meinem Geldbeutel betrifft, kaum etwas hat sich je geändert. Irgendwo in meinem Kopf ist seit Jahrzehnten eine Liedzeile abgespeichert, die ganz sicher von einem fürchterlichen Song stammt, der über alle Maße peinlich ist. „Wie werd' ich aussehen, wenn ich älter bin?" Nun ja, das weiß ich mittlerweile.

ICH BIN WOHL ICH

Geht das jedem so? Dass man bei anderen Menschen Eigenarten oder auch banale Äußerlichkeiten entdeckt, die man selber gerne hätte? Tiefschürfend sein oder besonders amüsant? Locken haben oder den gewissen Gang? Alle lachen, wenn derjenige was sagt oder beten eben einfach nur den Boden an, über den sie (ok, oder er ...) wandelt. Und dann will man auch so sein? Ich geb zu, ich hab das.

Dabei gibt es Sehnsüchte, die sich im Laufe der Jahre erhalten haben. Andere habe ich aussortiert und durch neue ersetzt.

Einmal ein Foto machen, vor dem alle in die Knie gehen, weil es (natürlich in schlichtem schwarz/weiß gehalten) alles, absolut alles auf herzzerreißende Weise widerspiegelt, was an Gefühlen so existiert. Natürlich eher elegisch, keinesfalls lebensfroh oder gar fröhlich optimistisch – nein, es hätte diesen kaum spürbaren Moment voller Sehnsucht und Begierde, diesen Foto gewordenen Augenblick, der Shakespeare, Hemingway, die Love Story und Hedwig Courths-Mahler komplett zu einem perfekten Ganzen bündelt. Ja, so etwas eben.

Ich würde eine Menge dafür geben, so begnadet zu sein, immer ad hoc die perfekte Entgegnung auf den Lippen zu haben. Wenn mir jemand blöd kommt zum Beispiel. Ich möchte nicht erstarren und erst Stunden später aus dem Sessel springen, weil mir eine perfide Antwort eingefallen ist. Nachts im Bett, wenn es niemand mehr wissen will und der Gegner längst mental den Sieg eingefahren hat, kommen mir Ideen – preisverdächtig. Aber nutzlos.

Wenn mich eine Verkäuferin so seltsam ansieht, möchte ich sie direkt fragen, ob sie meint, die Jeans, die ich in Händen halte, sei zu klein und ob sie es vorziehe, mir den Vorhang der Umkleidekabine zu verkaufen, weil der ganz sicher passt.

Da war vor längerer Zeit jemand, dem war ich zu rubens. Ich hab irgendetwas gestottert von abnehmen und inneren Werten. Absolut peinlich. Warum habe ich nicht gesagt, wenn Mann zu klein, zu mickerig, zu alt und obendrein ganz offensichtlich vollkommen charakterbefreit ist, suche er definitiv und mit voller Berechtigung die perfekte Frau. Denn die würde ihn ganz sicher, aus den zuvor genannten Gründen, anbeten.

Oder dies: Ich habe einen Nebenjob, einen eher schlichten: Käse im Supermarkt verkaufen. Da treffe ich auf Gestalten. Unfassbar. Am liebsten sind mir die Kunden, die mir mit einer Hand im Gesicht rumwedeln, mir drei Finger zeigen und dazu brüllen „Drei, drei Scheiben jungen Gouda, drei!" Da möchte ich lieb gucken und sagen: „Wie viel?"

Ich möchte berauschend Klavier spielen können, ich möchte mit einem Blick aus meinen blauen Augen Herzen höher schlagen lassen oder zum Stillstand bringen. Ich möchte spüren, wie es ist, wenn beim Ziehen des Hauptgewinns in der Lotterie der eigene Name genannt wird. Ich möchte aus dem Stand einen Salto rückwärts machen können.

Die Welt soll auf mich warten.

Mit etwas betrübter Miene lege ich das Tagebuch zur Seite. Das Leben ist nicht immer so, wie ich es mag. Und manches schafft auch mein unverbrüchlicher Optimismus nicht aus dem Weg. Obwohl er eine meiner herausragendsten Charaktereigenschaften ist. „Aus Scheiße gute Butter machen" war einer der Leitsprüche meiner pragmatischen Oma, deren Leben schwer und von Schicksalsschlägen geprägt war. Als sie starb, war ich zu jung, um ihren Mut und ihre Tapferkeit zu würdigen, sie stand immer aufrecht und hat das Lachen nie verlernt. Was für eine Frau! Vielleicht sollte ich ihr ein ganzes Buch widmen, die Seiten würden sich wohl von alleine füllen. Mit Lachen, mit Weinen, Sprüchen und Lebensweisheiten. Ich denke darüber nach.

Aber da kommt mein Optimismus um die Ecke. Meine geliebten Freunde werden ja mit mir zusammen alt, was eine Unmenge an Spaß und Lachern bietet und bieten wird. Jetzt, lautet die Weissagung von Maude, jetzt reden wir über Kerle und Reisen, irgendwann in naher Zukunft dann über Rollatoren und Pflegedienste. Aber noch nicht, Mädels, noch nicht!

SHADES OF GREY

An was denkt man bei *Shades of Grey*? Das kommt auf das Alter an. So alt, dass ich an ein Schwarzweiß-Foto von Rudolph Valentino denke, bin ich noch nicht. Aber ich denke an den jungen Mickey Rourke in *neuneinhalb Wochen*. Heute erschauert man bei seinem Anblick – genau wie damals. Nur ist der Grund zwischenzeitlich ein vollkommen anderer. Leider.

Es gibt für mich einfach kein abgestuftes sexlastiges Grey, das jemals an den Mickey von damals heranreichen wird. So ist das nun. Weil ich ja auch keine 25 mehr bin. Ist mir auch ganz recht, denn sonst wüsste ich gar nicht, wie er war, der Mickey Rourke. Leider hat er sich im Laufe der Jahre eher zu einer Lachnummer entwickelt. Einer Lachnummer mit Grusel-Hund auf dem Arm. Ich kann da kaum hinsehen und frage mich immer, was in drei Teufels Namen der Mann im Spiegel sieht, sollte er je in einen blicken. Kann nichts Gutes sein. Und dann lässt er sich wieder operieren. Entsetzlich!

Ich habe meinen Kindern vor einiger Zeit Fotos im Internet gesucht. Von Mickey als er noch Rourke und nicht Apeman war. Sie fanden ihn reichlich altmodisch aussehend und nicht das, was man heutzutage direkt hinter die nächste Tür zerren würde, aber zumindest halten sie mich nicht mehr für komplett übergeschnappt und sexuell fragwürdig. „Nur ein bisschen daneben, Mama, aber das wissen wir ja", sagt der Sohn. Ich sag nichts. Was auch?

Es ist ja sowieso so eine Sache mit dem Sexappeal. An wen denkt frau spontan bei diesem Begriff? Okay, bei meiner Freundin Maude ist es einfach, sie ist da schlicht gestrickt. Sie denkt an sämtliche Männer, nicht über 30. Maximale Altersgrenze, lieber frischer. Fertig.

Ich muss schon lachen, weil ich weiß, was sie sagt, wenn sie dies liest. Und Maude heißt sie eigentlich auch nicht. So nennen wir sie nur. Wegen der jungen Shades of Grey – da denken wir Freundinnen natürlich an *Harold und Maude*. Ein Film, den sicherlich auch wieder niemand unter 40 kennt.

Was die Greys angeht und deren Wirkung auf mich, habe ich auch so meine ganz persönliche Tendenz, und die sind es meistens wirklich, grau nämlich. Also quasi das, was Maude nicht haben will. Aber das ganz freiwillig. Ich kann sagen, das war unserer Freundschaft stets zuträglich. Wir können und konnten immer vollkommen ungehemmt alle spannenden, erfrischenden, aufreizenden und durchaus auch (auf den domestizierten Haus-Grey bezogen) nervigen Aspekte dieses Themas beleuchten. Ohne uns je in der Grauzone der Eifersucht zu begegnen. Obwohl, sagt Maude dann immer, wirkliche Freundinnen teilen sowieso alles, warum also nicht die Chippendales. Es gibt ja genug von den Jungs.

Und wer jetzt denkt, wir sind sexistisch – der hat recht. Und das macht uns gar nichts. Wir sind es mit Begeisterung. Und der Spaßfaktor, wenn wir bei ein oder zwei oder drei Gläsern Wein aus unseren privaten Nähschatullen plaudern, ist immens hoch! Unter viel Gelächter erbringen wir immer wieder den Beweis: *sex sells*. Keine Frage. Ohne die Jungs, kichert Maude, wäre doch alles total grey oder nicht? Mädels, wir machen weiter, so lange die alten Knochen das noch aushalten. Darauf füllen wir die Gläser wieder und graben die nächste Geschichte aus, nehmen eine Beichte ab oder schmieden

Pläne. Und natürlich müssen immer wieder einige der alten Geschichten her. Erzähl nochmal von dem Frack aus München, sagt Maude jedes Mal, füllt ihr Glas, lehnt sich zurück und lauscht mit den anderen meiner Geschichte. Wenn ich fertig bin, laufen uns allen Lachtränen über die Gesichter. Allein dafür hat sich dieses Wochenende in München schon gelohnt. Na ja, für mehr auch nicht. Aber immerhin.

Zwar glauben wir nicht wirklich an die Sache mit dem alten Wein, der immer besser wird, aber das ignorieren wir nach Kräften. Die Zeiten, in denen wir statt über Sex über Krankheiten, am Stock gehen und betreutes Wohnen reden, werden auch noch kommen. Obwohl Maude auch da durchaus Potential sieht. Betreutes Wohnen, grinst sie, da kann man die jungen Pfleger anlocken und dann mit dem Stock bewusstlos schlagen. Ich stell es mir direkt vor und hab Mitleid mit den Jungs. Musst du nicht haben, sagt Maude, ich weiß schon, was ich tue. Ich muss beim Schreiben lachen. Das weiß sie ganz sicher. Weil es mit den *Shades of Grey* wie mit dem Fahrradfahren ist – das verlernt man auch nicht.

Mir geht es gleich wieder besser. Meine Freundinnen werden mir noch über viele Hürden helfen oder, besser gesagt, wir uns gegenseitig. Das wird ein Spaß! Das ist sicher. Man muss nur wollen, sagt man doch, oder? Und, ja, ich will. Nein, nicht das ... ich meine, fit sein, schön sein, energiegeladen und von heiterer Natur. Die benötige ich auch, wenn ich Sport betreibe, denn ich bin, vorsichtig formuliert, für keine bekannte Sportart über die Gebühr geeignet. Nicht, dass ich nicht vieles probiert hätte. Beim Weitsprung stoße ich mich beim Landen immer vorne an dem Holz, von dem man losspringt, viel weiter komme ich nämlich nicht. Dasselbe passiert beim Weitwurf. Ich donnere die weit zu werfende Kugel direkt vor meine Füße. Aber das mit viel Schwung und Kraft, ich versenke sie quasi zehn Zentimeter von mir entfernt im Erdboden. Mich fasziniert das. „Mama", sagt aber der Sohn, „das ist nicht der Sinn von Weitwurf. Wähle eine andere Sportart." Der hat gut reden.

Schlittschuhlaufen – fantastisch! Nur kann ich nicht anhalten und rase kreischend durch die Gegend, bis ich irgendwo eine Mauer oder einen Baum finde, den ich aus voller Fahrt umschlingen kann. Inlineskating beinhaltet dasselbe Problem. Fahrradfahren finde ich prima, aber ich habe noch niemals auf einem Sattel gesessen, der mir nicht nach sieben Minuten ungemütlich ist. Reiten – Pferde sind so hoch, wie komme ich da hin? Schwimmen ist durchaus eine Option, aber wie viele Stunden lagere ich im Wasser, um irgendeinen Fortschritt zu erzielen?

Das ist mir zu langweilig. Joggen mit meinen Brüsten ist nicht schön, schlichtweg. Ich verbürge mich mit meinem Namen dafür, dass der Sport-BH sinnlos ist, zumindest für mich. Mannschaftssport – ich hasse es, mit mindestens fünf bis sechs Menschen etwas zu tun, das alle anderen besser beherrschen als ich. Das verunsichert mich und macht auch keinen Spaß. Rhythmische Sportgymnastik – ich kann nicht einmal ohne Ball und Bändchen unfallfrei geradeaus gehen. Pilates. Habe ich versucht, das klappt auch ganz prima, weil man nicht viel falsch machen kann. Aber langweilig finde ich es auch.

Ballett hätte mich gereizt, aber da kommt wieder das untergroß und leicht überdimensioniert ins Spiel. Und somit war das auch nichts.

Aber wozu hat man schließlich Freunde? Nicht nur, um über alte Geschichten und alte Männer zu lachen. Wir können auch gemeinsam unsere alten Körperteile in Form bringen.

DREI METER
UND MEHR

Anne und ich haben beschlossen, wir werden uns in Form bringen. Und zwar sowas von in Form, dass wir uns selber nicht wiedererkennen. Sportlich werden wir sein, gesund ernährt, voller Energie und straff wie eine Geigensaite. Überall, an jedem Zentimeter dieses hoch motivierten Körpers, in dem ein ebensolcher Geist wohnt.

Bleibt nur die Frage, wie stählen wir uns? Pilates? Joggen? Power Walking? „Pilates ist ganz schlecht", sagt Anne, denn wenn sie liegt, schläft sie direkt ein. Joggen finde ich blöd, es könnte ja regnen oder kalt sein oder zu warm oder zu voll oder man weiß nicht, wo man joggen soll und verjoggt sich dann und findet nicht nach Hause zurück. Schuhe habe ich auch keine. Und die sehen auch nie schön aus, die will ich also sowieso nicht anziehen. Power Walking – da weiß ich nicht, was das ist. Klingt aber anstrengend.

Wir einigen uns auf schwimmen. Das ist wenigstens nur nass. Rein rechnerisch müssten wir täglich etwa 27 Stunden

nonstop schwimmen, um innerhalb eines überschaubaren Zeitraums in Form zu kommen. Sie muss aber noch
mit dem Hund raus, entgegnet meine Freundin. Und ich
muss mich um die Kinder kümmern. So ist schnell klar –
wir gehen es doch eher langsam an mit der Form und
dem Stahl.

Mittwochmorgen, halb zehn, Schwimmhalle. Kein Frühstück, damit man sich mit leerem Magen schlanker und
energiegeladener fühlt. Und dann umziehen, in der kleinen Holzhütte stehen, sich etwas vorbeugen und den eigenen Bauch betrachten, rüberbrüllen, dass man nun in
jeder Hinsicht fertig sei, Kleidung auf den verbogenen
Bügel hängen, Socken in dieses Säckchen, Schuhe in die
Hand nehmen, wieder hinstellen, Uhr abnehmen, in die
Handtasche tun, noch eben aufs Handy gucken. Aber
beide müssen wir irgendwann raus aus der Umkleidekabine. Und das im Badeanzug. Anne keucht nebenan
laut und heftig. „Was ist denn?", rufe ich. „Nur ein bisschen Hyperventilation und dann tot umfallen", kommt
die Antwort. Wir einigen uns, wir zählen bis drei und verlassen zeitgleich die Holzkästchen. „Auf drei oder bei
drei?", rufe ich. Die Antwort schreibe ich nicht nieder.

Wir atmen tief durch und treten auf die feuchten Fliesen hinaus. Sie in dezentem Schwarz, ich in leuchtendem Türkis. Meine Freundin seufzt und schüttelt den Kopf. „Noch nie ein Knallbonbon gesehen?" grinse ich.

Sie mag nicht duschen, weil danach immer ihre Haare wie Hupe aussehen (das bedeutet, ihre Haare könnten optisch Schaden nehmen. Woher sie diesen Ausdruck hat, weiß ich nicht, aber ich liebe ihn!). Und ich will nicht ins Wasser, weil vielleicht der Mascara verläuft. Aber rein müssen wir, wegen des Stahls. „Wir könnten von dem Ding da oben hüpfen, sind wir einmal über den Rand gestolpert, können wir nicht mehr bremsen", schlägt die Beste vor und deutet auf irgendetwas in schwindelnder Höhe. Ich spring nicht einmal vom Beckenrand und das nicht deswegen, weil es verboten ist.

Wir schaffen es doch noch bis ins Wasser und beginnen sofort mit der ersten Trainingsrunde. Etwa sieben Meter, dann stoppt die Beste abrupt und kichert. Vor ihr sprudelt das Wasser ganz wild, und sie ist begeistert wie ein Kind, hält ihre Hände hinein und dann die Füße, paddelt drumherum und ist erst bereit, noch sieben Meter zu schwimmen, als nichts mehr sprudelt.

Wir sind, grob geschätzt, etwa viermal hin- und herge-
schwommen, dann waren wir bei einem Gesprächsthe-
ma angekommen, dass, aufgrund seiner Wichtigkeit, definitiv nach einer Tasse Kaffee verlangte.

Als wir den vor uns stehen hatten, sagte meine Beste
„Da fühlt man mich direkt besser und auch fit! Das machen wir jetzt regelmäßig, klar?" Natürlich habe ich ge-
nickt und ihr zugestimmt. Es gibt nichts Besseres auf der
Welt als Kaffee mit der besten Freundin!

Ich rücke meine Knochen auf dem Fußboden zurecht und greife nach noch einem Kissen. Das geht in Ordnung, so weit kann
ich meinem Alter entgegenkommen. Schließlich kann ich
durchaus noch zu Hochform auflaufen, wenn es notwendig ist
– zum Beispiel, wenn Anne wieder einkaufen will. Wenn einkaufen eine Sportart wäre, das würde uns gefallen. Und eigentlich kann man daraus beinahe etwas Sportliches machen –
rennen, Haken schlagen, bücken und springen, werfen und
fangen. Das wäre auch gut für meine Tante Helen Huhu-Arme.
Kennt die jemand? Haben wird sie so manch einer. Hier der
ultimative Test: Den unbekleideten Arm bis etwa in Kopfhöhe

anheben und fröhlich winken. Wer mag, darf dabei „Huhu"
rufen. Und jetzt kritisch auf den unteren Teil des Oberarmes
blicken? Schwingt er fröhlich mit jedem Huhu mit? Klar, oder?
DAS, meine Lieben, ist dann der Tante Helen Huhu-Arm.

Kritisch betrachte ich meinen Arm. Im Ruhezustand sieht er
eigentlich ganz manierlich aus. Und man muss ja auch nicht
jedem ewig winken. Das wird überbewertet.

Eigentlich war ich ja beim Shoppen. Und dahin wandert mein
Auge jetzt auch zurück. Meine Freundin Anne ...

THOMAS, FANG

Meine Freundin Anne muss man eigentlich erleben – sie zu beschreiben, wird ihr nicht gerecht. Groß, schlank, laut, stark und liebevoll. Außer wenn man mit ihr zum Esprit-Outlet fährt.

Da muss immer auch ihr Gatte mit. Den bewirft sie dort mit Kleidung. „Dann macht er auch irgendwie Sinn", sagt sie fröhlich. Einen der riesigen Einkaufswagen durch die schmalen Outlet-Gänge zu schieben, ist mühsam. Das mag sie nicht. Dem eigenen Ehemann einfach alles entgegenzuschmeißen, was man potentiell erwerben möchte, ist einfacher. Das mag sie.

Nach welchem Prinzip die Kleidung ausgewählt wird, bleibt im Dunkeln. Zumindest für mich. Und sie geht auch nicht, sie rennt. Mit einem Affentempo. Hören tut sie auch nicht mehr. Aber kreischen kann sie. Recht laut, wenn wir (also der Gatte und ich) nicht schnell genug zur Stelle sind. Genauer, zu der Stelle, wo sie gerade eben fündig geworden ist. Und das ist irgendwie überall und nirgends, es hat keine Logik. Sie rennt nach rechts, nach links, schlägt Haken und wendet auf der Stelle. Man kann nur der Spur durch die Luft fliegender Hemden, Röcken, Pullis und Kleidern folgen, die ihr Mann, vollkommen außer Atem und mit leicht verstörtem Blick, brav aufzufangen versucht.

Er muss fangen, ich muss sehen. Und begreifen. In Mikrosekundenbruchteilen. Nämlich, dass das, was sie für mich erwühlt hat, das ultimativ wundervollste Oberteil diesseits und jenseits des Waldes ist. (Es gelingen mir schon keine vollständigen Sätze mehr, mir fehlt der Atem bei der Erinnerung.)

Nun will ich es so sagen: Die Beste und mich trennt nichts außer unserer äußeren Form. Sie ist gertenschlank und ziemlich groß, wohingegen ich eher kleiner und einen Hauch rundlicher bin. „Niedlich", sagt mein Sohn. „Jede Kalorie zählt gegen mich", sage ich.

Somit ist alles, was mir entgegengeschleudert wird, einen halben Meter zu lang und einen ebensolchen zu schmal. „Man vergisst immer, dass du ein Hobbit bist", sagt meine Freundin. Das mit dem halben Meter in der Breite lässt sie weg. Weil sie ja meine Beste ist!

Hin und wieder stoppt sie plötzlich und unerwartet. Starrt gebannt nach links oder rechts, ein verstrahltes Grinsen im Gesicht. Sie ist groß, sie sieht über die meisten Köpfe hinweg und findet dann etwas, das sie unbedingt haben will (und auch bekommt).

Dann spurten wir in die Männerabteilung. Nicht, weil der Gatte auch was kriegt. Nein, da wird anprobiert. In einer Ecke, ganz egal. Weil meine liebe Freundin nicht vor den Damen-Umkleidekabinen warten will. Das ist doof, das kostet wertvolle Zeit, in der man auch Kleidung durch die Luft werfen kann. Strahlend lässt sie sich ein Teil nach dem anderen reichen, stößt leise Zischlaute aus und probiert.

Nach dem Anprobieren gibt es zwei Haufen. Den, den wir zur Kasse schleppen müssen und den, der in die riesigen Gitterboxen geworfen wird, die speziell für Unerwünschtes dastehen. In denen buddelt sie zum Abschluss immer besonders gern.

Wenn wir wieder im Auto sitzen, verliert sich der manische Ausdruck und sie fragt, als wäre nichts gewesen, ob wir auf dem Heimweg noch einen Kaffee trinken wollen. Später, zuhause, wird sie irritiert schwören, die Hälfte der Kleidungsstücke niemals zuvor gesehen zu haben.

Die hat jemand auf ihren Mann geworfen, den wir nicht kennen. Und der ist jedes Mal im Outlet, wenn wir es auch sind. Magie.

Und ein Hobbit bin ich nicht, meine Füße sind nicht behaart.

Unruhig rutsche ich auf meinem Alterskissen hin und her und runzle die Stirn. Hab ich nicht vor Jahren eine Tupperparty besucht, weil alle meine Freunde das taten? Und nur ich war wieder komisch und wollte das nicht? Doch, das habe ich, ganz sicher! Die Erinnerung ist nach wie vor in mein Gehirn gebrannt. Der Sinn von Tupper hat sich mir einfach nie erschließen wollen, was nicht heißt, dass es keinen gibt. Und deswegen bin ich auch bei einer Nachbarin zum Tuppern gewesen.

Es war eine interessante Erfahrung, wie aus einer anderen Welt. Und ich bin zu dem Schluss gekommen, dass ich wahrscheinlich einfach eine viel zu schlechte Hausfrau bin, um den Wert gewisser Utensilien wirklich zu schätzen. Außerdem würde Herr Rubens ja nicht in meinem Haus leben, wenn ich nicht alles, was ich zubereite, auch umgehend essen würde, sondern die Nahrung lieber in Plastikdosen sperren würde, um die Kalorien dort für längere Zeit gefangen zu halten.

Gedanke des Tages: Ist es nicht faszinierend, dass Plastikdosen zu einem Fetisch werden und ihr eigenes Verb dafür bekommen?

TUPPERN FÜR ANFÄNGER

Im Rahmen meines gesellschaftlichen Resozialisierungs-
programms habe ich vor einiger Zeit die Einladung meiner Nachbarin zur ersten Tupperparty meines Lebens
angenommen. Schon oft in den letzten Jahren gab es
Einladungen zu einem dieser Ereignisse, aber ich habe
mich immer davor gedrückt. Doch jetzt ich will mich bes-
sern. Also bin ich gestern Abend *über die Straße* zum
Tuppern gegangen.

Die Beraterin, eine überaus adrett gekleidete, eifrige
junge Dame mit nettem Tuch um den Hals brachte ess-
bare Gastgeschenke (so behauptete sie es) mit. Es schien
eine Art Bounty ohne Zucker und Schokolade zu sein
(„Das ist sooo lecker, und wir Mädels wollen ja nicht dick
werden!"), also quasi ohne Bounty, aber wirklich hübsch
verpackt. Vielleicht war es auch gar kein Bounty, sondern
auch aus Tupper, ich weiß es nicht. Da wird frau doch
lieber von was dick, das auch lecker ist.

Alle Gäste (110% weiblich) rutschten unruhig auf dem
Sofa und den Klappstühlen herum. Sie unterhielten sich

über das effiziente Aufrollen von Kochschinken, damit er – ansprechend für's Auge und ohne Luft dazwischen – in der Tupperware zu liegen komme.

Was dann kam, hat sich auf ewig in mein Gehirn gebrannt. Man könnte seitenweise diese Welt beschreiben, aber hier werden nur einige besonders attraktive Details aufgezeichnet.

Also: in den Dosen namens *Prima Klima* hält sich Feldsalat eklatant gut und auch Paprika bleibt bissfest. In der *Pengschüssel* (definitiv keine Selbstschussanlage) macht man Teig und backt ihn anschließend lecker goldbraun im *Silikon König*. (Hier handelt es sich nicht um den Oscar für den Schönheitschirurgen mit den interessantesten OP-Ergebnissen, sondern um eine knallrote Gummibackform.)

Dann gibt es noch eine blaue, knetbare, gummiartige Kugel mit aufsetzbarer Schraubtülle. Die Kugel heißt *Mozart* und mit ihr kann man Frischkäse oder Sahne dekorieren. (Also: ich meine, man sprüht so Häufchen. Diesen Drang hatte ich zugegebenermaßen, bisher nie. Aber der Himmel allein weiß, wie erfüllt mein Leben mit dekoriertem

Streichkäse gewesen wäre. Vielleicht kommt ja daher dieses sich hin und wieder aufdrängende Gefühl der Leere.)

Besonders gefielen mir auch noch *Ilja* und *Rogoff*. Eine Knoblauchpresse und ein Knoblauchpeller.

Nicht vergessen möchte ich den Dosenöffner, der Dosen so dezent öffnet, dass man meint, sie seien noch zu. Okay, mir erschließt sich auch hier wieder nicht auf Anhieb, warum das wichtig ist. Wenn ich eine Dose öffne, esse ich, was drin ist, und stopfe sie dann in den Gelben Sack. Nun nehme ich an, dass auch hier ein Umdenken stattfinden muss – kann ja sein, weil das an diesem Abend viel zitierte Auge wieder mitisst. Wobei ich ja wiederum nicht aus der Dose ... aber vielleicht, wenn man sie stehenlassen möchte, nur so als echten Hingucker. Dann sieht das mit einem unsichtbaren Rand natürlich wesentlich attraktiver aus als mit so einer ekeligen, unsauberen Schnittkante.

Und es ging zügig weiter!

Interessant und lehrreich war die heftige Debatte darüber, dass die wirklich großen Eier vom Eiermann nicht in *Kolumbus* passen. Kolumbus ist eine blaue, beliebte Zehner-

Aufbewahrungsbox für Eier (die man in gelb auch als Duo Infernale kaufen kann ... Nein, das ist jetzt gelogen).

Und dann kam die Tupper-Bibel zum Einsatz. Die heißt wirklich so. Ob es ein Altes und ein Neues Testament gibt, weiß ich nicht. Aber es steht drin, was man darf und was nicht. Und wie es in dunkler Vorzeit tupperlos zuging.

Irgendwann, bevor die Diät-Pizza auf den Tisch kam, habe ich mich heimlich weggeschlichen. Wie der Antichrist.

Aber die Frage, ob sich innen in Kochschinkenröllchen tatsächlich kein Sauerstoff befindet, lässt mich nicht mehr los.

Manchmal muss ich lachen, wenn ich meine eigenen Erinnerungen lese. Tuppern ist schon hart. Aber die blaue Schale (sie war oval und man rührte Saucen in ihr an), die ich damals als Gastgeschenk bekommen habe, hat meinem kleinen Sohn eine ganze Weile als Bauarbeiter-Helm gedient. Genauer gesagt, hat er sie zwischen seinem zweiten und dritten Geburtstag eigentlich niemals abgenommen. Er liebte das Ding über alle Maßen, also hat Tupper eindeutig seine Kindheit bereichert.

Damals waren die Kinder unkompliziert und das Leben einfach. Und ich müsste mich eigentlich jetzt erheben und etwas Sinnvolles tun und für morgen ebensolches planen. Während ich also mehr oder weniger eifrig an meiner To-Do-Liste für den folgenden Tag sitze und mich geistig mit der wichtigen Entscheidung herumschlage, ob ich mir nicht schnell eben einen Cappuccino machen soll, surrt wieder mein Handy. Es ist meine Freundin Steffi (ja, die mit den Fotos), sie will mich anrufen, sie ist nämlich eine Festnetz-Tusse, will reden, nicht schreiben. Und weil ich sie nunmal liebe, erhebe ich mich und gebe ihr die Erlaubnis, mich anzurufen.

Uns verbindet viel, das man nicht so einfach in Worte fassen kann. Manchmal sehen wir uns ewig lange nicht, aber wenn wir uns treffen, waren wir nie wirklich getrennt, nicht eine Minute. Wir teilen Freud und Leid miteinander, können immer die Wahrheit sagen und uns sogar unser aktuelles Gewicht nennen. Und DAS will was heißen.

Steffi war es auch, die mir vorgelesen hat, wann eine Brust hängt – nämlich dann, wenn man einen Bleistift drunterklemmen kann und der bleibt da. Mein Gott, haben wir gelacht, stundenlang. Und seitdem muss eine von uns nur murmeln „20er Pack extradicke Fasermaler" und wir brechen direkt kichernd zusammen. Egal, wo wir gerade sind.

DAS SCHWEIGEN
DER MÜTTER

Eigentlich saßen wir, also meine Freundin Steffi und ich, bei ihr am Tisch, um in Ruhe zu frühstücken und über das schnelle Geld, schöne Männer, die Dramatik herabsinkender Körperteile und deren Größe sowie das Sammeln von Strafzetteln, das Leben als solches und dessen Ungerechtigkeiten im Speziellen zu sprechen. Zum Beispiel über meine Strafzettel, für Vergehen, deren offizielle Zusammenstellung einem Kleingeist entsprungen sein muss, der das große Ganze an meinem Fahrstil einfach nicht zu erkennen vermag. Außerdem ist es sowieso eigentlich ewig das Falschparken. Nun ja, wenn es eben nie dort einen Parkplatz gibt, wo ich einen brauche. Oder 30 km/h da, wo ich es nun so überhaupt nicht vermute.

Aber irgendwie sind wir dann doch wieder bei unseren Kindern gelandet. Davon haben wir (sie bringt, zugegeben, den Löwenanteil ein) zusammen immerhin eine ganze Menge, die nur auf den ersten, nicht professionellen Blick überschaubar erscheint. In Wahrheit sieht man sich einer Terrorfront gegenüber, die jeden Rahmen sprengt. Ok, manchmal. Und in den Augen einer Mutter. Weil wir ja auch immer schuld sind. Nur dann nicht, wenn etwas funktioniert. Dann kam das von alleine und von ganz tief drinnen aus dem Kind. Heißt es. Oder es wird uns so erzählt. Ich glaube ja sowieso seit der Geburt meines ersten Kindes, dass alle Mütter lügen, die behaupten, ihre Kinder seien friedlich und wohl geraten, sozial kompatibel, lernbegierig und im Haushalt tätig. Nun ja, im Haushalt tätig sind meine Kinder auch. Kann man so stehen lassen, sage ich zu Steffi und grinse. Und sie tut das, was ich an ihr besonders liebe – sie lacht so laut und fröhlich, dass die Wände wackeln und die Hunde sich verstecken. Das tut sie auch, wenn wir über ernste Dinge reden. Und das ist überaus beruhigend in gewissen Situationen, weil man plötzlich sieht, dass doch nicht alles ganz dunkel ist und auch irgendwie immer eine saukomische Seite hat. Auf den achtundvierzigsten Blick oder so. Man muss gut suchen. Und ein bisschen schlecht fühlt man sich auch, weil man lacht. Aber sich so ein bisschen mies fühlen, kribbelt auch. Weil Mütter nicht über ihre Kinder lachen, das schadet der Kinderseele. Auch wenn diese schon 25 ist ...

Mütterseelen hingegen gelten als resistent gegen alles. Wahrscheinlich lachen wir deswegen. Alternativen wären ein Alkoholproblem oder tiefe Depression. Und für beides fehlen uns Zeit und Energie. Wann bitte, fragt Steffi, soll ich denn auf dem Bett liegen und nicht hochkommen, weil ich gerade eine schlechte Phase habe? Während die Hunde ins Haus pinkeln, weil niemand mit ihnen Gassi geht, während der Nachhilfelehrer klingelt und keiner ihn reinlässt, während die Kartoffeln überkochen, die schmutzige Wäsche die ganze Treppe füllt oder der Müll von alleine nach draußen geht?

Dieses Gefühl, wenn man sein Gegenüber ansieht und in dessen Gesicht liest, dass er versteht, wovon man spricht, für schwarze Gedanken direkt Absolution erteilt, das ist erholsam. Man wird verstanden. Unglaublich. Löst allerdings auch die Zunge und die Lachmuskeln. Wir besprechen von Gaga bis zum ernsten Problem alles und können uns vor Lachen streckenweise kaum noch halten. „Hysterie", sagt mein Sohn, „reine Hysterie, kann man mit Tabletten behandeln". Sollte man auch.

Unweigerlich landen wir bei den mütterlichen Vergehen. Dazu gehören unbedingt Rumbrüllen, Wäsche durch die Gegend werfen, Gegenstände beiseitetreten, einfach überhaupt keinen Bock aufs Kind haben, und ganz sicher nicht darauf, zum man weiß nicht wievielten Mal zur Schule zu reisen, dort um Verständnis zu buhlen, den Lehrerversteher zu geben aber kindsolidarisch zu bleiben (Mütter halten zu ihren Kindern, auch wenn sie deren Verhalten total bescheuert finden. Aber genau das macht auch Verteidigungsstrategien manchmal kompliziert).

Und dann besprechen wir jedes einzelne Kind. Immer bemüht, zuerst möglichst laut, eine gute Eigenschaft zu nennen. Ist das Kind momentan besonders kompliziert, sagen wir nur, dass wir es tief und innig lieben. Mehr fällt einem manchmal wirklich nicht mehr ein. Steffi schaut etwas hektisch – so viel Liebe heute wieder. Ja, finde ich auch.

Jetzt gucke ich ein bisschen betroffen auf den nächsten Eintrag. Ich habe im Laufe der Jahre auch Menschen aus meinem

Leben entlassen, weil ich einfach keinen Zugang mehr zu ihnen fand. Das finde ich immer schwierig, Harmonie und Eintracht, Ruhe und Frieden, die Herberge zur siebten Glückseligkeit – sowas schwebt mir eigentlich vor. Und ich weiß, meine Kinder biegen sich vor Lachen, wenn sie diese Zeilen lesen. „Mama", werden sie sagen, „ganz ehrlich, Mama …" und mich irgendwie so seltsam ansehen.

So hat meine Muttertante mich angesehen, als wir damals alle zusammen in der Nähe von Rom die Sommerferien verbrachten. Meine Tante, mein Onkel, mein Vetter und die drei Kusinen und ich. Weil ich damals schon studierte, musste ich zwei Tage vor den anderen nach Hause fahren. Großes Kino zum Abschied, der Sohn der Vermieterin brachte mich auf seiner Vespa zum Hauptbahnhof in Rom. Ich trug, ich weiß es wie heute, eine weiße Latzhose und einen Riesenrucksack. Dazu in jeder Hand eine Tasche – in der einen all meine Schätze: Geld, Reisepass, Fahrkarte, Brille, die Uhr meines Vaters, der silberne Löwe aus Afrika, den Tante Tine mir geschenkt hat (mein Sternzeichen ist der Löwe), mein *Kontaktlinsenrausnehmer*, zwei Bücher und Urlaubsfotos. In der anderen Tasche war der Proviant für die lange Reise. Wir haben geweint, gelacht, jeder kontrollierte, ob ich alles dabei habe, man kicherte über den Vermietersohn und meine weiße Hose. Noch eine Umarmung und noch eine und nochmal. „Kind, pass auf dich auf", „Kind, iss deine Brote", „Kind, wir sehen uns Ende nächster Woche", „Kind, komm nochmal in den Arm". Taschentücher wehen, alle winken, ich fahre hinten auf der Vespa von dannen. Zwei Stunden später war ich wieder da – alles Wichtige war mir geklaut worden. Die Frikadellen und die Brote, die hatte ich noch. Und als ich da nun wieder vor der Tür stand, da haben meine Lieben mich auch so merkwürdig angesehen. I remember it well.

DIE PUDELDAME

Ich habe mich mit einer Schulfreundin in einem Bistro in der Stadt getroffen. Wir hatten uns seit Jahren nicht gesehen. Irgendwann rief sie mich ganz unerwartet an. Wir haben gelacht, von früher gesprochen (viel „weißt du noch?") und aus unser beider Leben erzählt. Und dann waren wir verabredet.

Dabei habe ich es nicht so wirklich mit dieser Art von Dates. Weil die meistens furchtbar in die Hose gehen.

Jedenfalls sitze ich jetzt in meinem Lieblingsbistro, einen riesigen Cappuccino vor der Nase und puste gedankenverloren durch den runden Keks, der immer auf der Untertasse liegt. „Mama, benimm dich", haben meine Kinder mich beschworen. Als würde ich je was anderes tun. Versonnen blicke ich auf meine roten Chucks und denke drüber nach, was ich gleich denn so essen könnte. Da sehe ich eine ältere Dame mit goldenen Schuhen und einem Pudel auf dem Kopf auf mich zukommen. Ich krampfe. „Nein, bitte nicht", murmle ich und weiß schon, es ist bitte doch.

Ja, es eilt strahlend auf mich zu. Ich starre nur auf die goldenen Slipper. Und auf die Haare. Es ist nämlich gar kein Pudel auf dem Kopf, es ist eine Frisur. Ich erhebe mich, krache mit beiden Kniescheiben gegen den Bistrotisch und werfe fast meinen Cappuccino auf den Herrn nebenan. Der grinst. Und der Pudel reißt mich in seine Arme, er hat mich gleich erkannt. Wir setzen uns, nur um beinahe direkt wieder aufzustehen. Dem Pudel ist es im Nacken zu kalt, weil es genau da, wo wir sitzen, nämlich stark zieht, und das kann er nicht vertragen. Davon wird er steif, des Pudels Nacken. Ich denke an meine Kinder und mein Versprechen und grinse nicht. Nein, ich nehme ergeben meinen Cappuccino, der schöne Lochkeks fällt mir natürlich auf die Erde.

Die Bedienung guckt irritiert, während wir zwei weitere Stellen auf Zugluft überprüfen (ich merk eh nichts), bevor wir uns endlich niederlassen. Ich bin eigentlich extrem schämresistent, aber jetzt fühle ich mich einen Hauch unwohl. Es ist doch irgendwie albern, ein ganzes Bistro zu durchstreifen, das nur ganz vorne am Eingang eine Glastür hat, um zu gucken, wo es ziehen könnte. Ich habe bis gerade eben noch niemals in meinem Leben einen Gedanken in diese Richtung verschwendet. Aber, werde ich belehrt, das sei ja hier airconditioned, und das merke man direkt am Pudel. Also an sich und dem Nacken.

Vielleicht liegt es bei mir einfach daran, dass ich keinen Pudel trage oder meine Kinder schon vor Jahren sämtliche Zeitfenster geschlossen haben, die es mir ermöglichen würden, mich mit der Zugluft an meinen Körperteilen zu befassen. Ja, sagt der Pudel, er sei halt empfindlich, da könne man nichts machen, er wäre auch lieber so ein harter Knochen wie ich. Das höre ich, wider Erwarten, nicht so gerne, wenn ich als alte Kampfsau beschrieben werde, der nichts was anhaben kann. Denn fast immer beinhaltet diese Einschätzung keinesfalls eine Wertschätzung. Aber ich halte wieder den Mund, was mir fälschlich als Toleranz ausgelegt wird. Ist es nicht. Es ist einfach das Abwägen zweier Übel. Hier noch zehn Minuten ausharren und dann verschwinden oder eine lange Debatte über ein Thema führen, das mich eigentlich überhaupt nicht interessiert. Aber zurück zum Wesentlichen.

Wir sitzen. Das Bestellen dauert endlos, weil der Pudel gegen diverse Inhaltsstoffe allergisch ist und genau erfragen muss, was in dem jeweiligen Essen drin ist. Meine Füße beginnen zu zucken, meine Bewegungen werden fahrig, ich muss gleich was sagen, ich spüre es. Die Bedienung ist vollkommen überfordert, wäre ich auch. Ich öffne den Mund. Mein Handy klingelt. WhatsApp von meiner

Tochter. „Ist es schön?" „Nein, der Pudel mir gegenüber ist vollkommen gaga und hat mehr gesundheitliche Probleme als die gesamte geriatrische Abteilung vom Josefs-Hospital", schreibe ich zurück und atme durch. Jetzt will der Pudel einen Tee. Mit richtig heißem Wasser. Aber keinen Beuteltee. Welche Sorten man denn habe? Schwarz gehe leider nicht, so spät am Nachmittag könne das bereits die kommende Nachtruhe negativ beeinflussen. Mein Gott, ist die verstrahlt, ich kann nicht mehr.

Nach gefühlten sieben Stunden hat sich alles irgendwie erledigt, und wir können uns gemütlich unterhalten. Mir fällt gar nichts ein, was ich sagen könnte. Meine Kinder haben es mir ja verboten. Ich kann nichts zu den Schuhen sagen, nichts zum Pudel, nichts zum Ziehen oder zum Beuteltee oder dazu, dass man sich, wenn man kein Essen essen kann, vielleicht eine Kanüle legen lassen sollte. Ich lächle mich eisern durch die nächsten 15 Minuten und sage Nichtssagendes. Heimlich auf dem Klo bitte ich dann meine Tochter, mir in einigen Minuten eine Notfall-Nachricht zu schicken.

Das tut sie auch und mit einem „Ach, immer werde ich gebraucht" flüchte ich hinaus in die Nacht.

So ist das im Leben, das ändert wohl niemand. Und ich konnte nie wirklich ergründen, warum manche Wege sich trennten. Einen ultimativen Anlass zu finden, gelingt mir fast nie.

Zum Glück gibt es aber auch die Freundschaften, die alles überstehen und damit Freunde, die mich seit meiner Kindheit begleiten. Es ist immer wieder jemand Neues zu diesem *inner circle* hinzugekommen, das finde ich schön.

Man kennt sich genau, muss einander nichts vormachen und lacht über alte Zeiten. Besser geht es doch kaum. Doch, über aktuelle Zeiten mit jemandem lachen zu können, ist manchmal noch wertvoller.

NEIN,
WIRKLICH NICHT!

Meine Freundin Kristina und ich wollen heute Abend zusammen essen. Ja, das tun wir manchmal. Und da wir
uns nicht allzu häufig sehen und wir beide immer einen
reichlich zugepackten Alltag haben, dienen diese Treffen
zwei Zwecken: Wir müssen nicht selber kochen und
nichts auf den Tisch schleppen, außerdem wollen wir
quatschen. Viel und ohne Luft zu holen und auch beim
Essen.

Diesmal gehen wir zum Spanier, das Restaurant heißt wie
ein Insekt. Vielleicht sind deshalb alle so diensteifrig.
Und flink. Und schnell lästig. Irgendwie. Mannmannmann, ich hab die Ommabrille noch nicht ganz auf der
Nase, da werde ich schon das erste Mal gefragt, ob ich
denn schon gewählt habe. „Nein", sage ich freundlich
und lächle, „noch nicht". Entspannt wende ich mich wieder der Karte zu. Kristina ist schon ein bisschen weiter
als ich, sie kann noch ohne Brille lesen, was sie essen
könnte.

Ich bin noch nicht über Seite eins der Vorspeisen hinaus, da tritt wieder eine Insektendame an unseren Tisch und fragt nach Getränkewünschen. Gefühlte drei Sekunden später kommt Moskito eins wieder und fragt, ob ich denn schon gewählt habe. Mein „Nein, noch nicht" fällt schon einen Hauch kühler aus. Meine Freundin kichert in ihre Karte. Ich atme durch, lese weiter. Die Getränke kommen. Sie auf dem Tisch zu platzieren, erfordert einen umfassenden Umbau der kompletten Dekoration. Jetzt reagiere ich schon leicht nervös. Das Teelichtgeschiebe dient keinesfalls der Entspannung. Und das Stück Ananas (ja, Ananas) an meiner Cola Zero plumpst vom Rand des Glases in die Cola – was ich zutiefst hasse. Also greife ich in mein Glas und fische die Ananas heraus, bevor der Zersetzungsprozess beginnt und ich mich übergebe. Meine Finger kleben. Moskito drei eilt heran und fragt, ob ich schon gewählt habe. Ich bin geneigt, zu fragen, ob man wissen will, welche Todesart ich für die Dame in Betracht ziehe, um dem ganzen Gelaber und Geschiebe um mich herum ein Ende zu machen. Aber ich sag nichts, knurre nur: „Nein, noch nicht!"

Wir spielen das Spielchen noch ein paar Mal und ich bin geneigt, ein Stückchen aus dem Tisch zu beißen, weil ich die Moskitodame nicht anfallen darf, das hat Kristina sehr bestimmt gesagt. Dann mache ich das auch nicht.

Nun bestellen wir auch endlich.

Und irgendwann habe ich dann mein, zugegeben vorzügliches, Essen und eine ananasfreie Cola Zero vor mir stehen. Wir beginnen erneut und zum wiederholten Male mit dem üblichen Thema eins und haben noch keine vier Worte gewechselt, da surrt es neben meinem Ohr, Moskito eins ist wieder da und will wissen, ob wir noch etwas trinken wollen. Und so geht das jetzt im Minutentakt. Meine Hände zittern und ich beginne die Kontrolle über meine Stimmbänder zu verlieren, nachdem ich etwa fünfzehn Mal gefragt worden bin, ob ich noch etwas trinken möchte, ob das Essen lecker sei und ob man schon diesen Teller wegnehmen dürfe.

Himmelkreuzdonnerwetter nochmal, bin ich hier auf dem Bahnhofsklo? Ich atme tief in mein Ying hinein, ganz tief. Das buddhistische Element, schnell, wo ist es denn? Immer wenn ich es brauche, ist es nicht zur Hand. Also bleibt mir nichts anderes übrig – ich schaue dem aktuellen Moskito lächelnd in die Augen. „Wenn Sie mir innerhalb der nächsten 30 Minuten noch eine einzige Frage stellen, verwüste ich dieses ganze verdammte Lokal. Haben wir uns verstanden?" krächze ich. Und das ist schon Körperbeherrschung. Der Moskito zischt flugs zum Nachbartisch. Der Herr dort brummt, er würde sich mir gern anschließen, was die Verwüstung beträfe, und falls er dies tun dürfe, sei mir seine Dankbarkeit gewiss.

Kristina giggelt: „Wenn sie gut drauf wäre, hätte sie gefragt, ob sie vorher noch etwas zu trinken bringen darf!"

Auf das Dessert haben wir dann lange warten müssen. Alles rächt sich, heißt es.

Wenn ich meine Gedanken, die mich heute hier so *anfallen,* jetzt betrachte, stelle ich fest, dass älter werden und die damit verbundenen guten und schlechten Dinge, mich doch beschäftigen. Was vielleicht schlicht in der Natur der Sache liegt. Natürlich muss ich zugeben, erschreckt mich dieses Ganze auch nicht unerheblich. Plötzlich bin ich die ältere Generation, die ein bisschen in der Vergangenheit lebt und den Schnee von vor 30 Jahren weißer fand als den heute. Und manchmal lachen meine Kinder über mich, lange und ausdauernd. Dabei wiederholen sie röchelnd, am Boden liegend, sich den Bauch haltend, was ich gesagt habe. Weil ich Worte benutze, die sie nicht einmal mehr kennen oder etwas *von früher* zum achten Mal erzähle. Das Wort *Frittenranch* hatte einen mehr als durchschlagenden Erfolg, da brechen sie noch immer ganz plötzlich in haltloses Gelächter und kreischen „Frittenranch". Ich halte es da mit der Königin von England und zeige mich *not amused*.

Manchmal blicke ich in den Spiegel und sehe da jemanden, der schon ich ist, aber anders aussieht. Älter eben. Und ich stelle immer wieder fest, dass man sich betrügt, was die eigenen Fähigkeiten und das Aussehen betrifft. Besonders deutlich wird das durch Fotos. Am liebsten will ich keine Bilder mehr von mir, sie geben etwas wieder, das ich nicht sehen will. Und ich gestatte mir das auch. Warum muss ich unbedingt immer und an jeder Stelle der Realität ins Auge blicken? Ich kann doch auch weggucken.

Es geht mir auch mit gleichaltrigen Menschen so – die empfinde ich oft als alt und stelle dann fest, ich bin auch nicht jünger. Oder ich sehe einen Mann, den ich optisch durchaus ansprechend finde. Und was passiert? Bei realistischer Betrachtung ist er mindestens 15 Jahre jünger als ich ... und die Sache mit dem Toyboy hat mich noch nie so wirklich überzeugt.

Aber es ist ja nicht nur das optische Moment, es sind auch andere Sachen des alltäglichen Lebens. Ich sehe mich Dinge tun, die meine Oma tat. Und ich spüre noch diese Mischung aus Toleranz und Genervtsein, wenn sie es tat. Klar ist, das will ich eigentlich nicht. Ebenso klar ist, ich werde es nicht verhindern können.

SUCHANFRAGEN

Ich habe in jugendlichem Leichtsinn viele glückliche und unbeschwerte Jahre lang wirklich ernsthaft angenommen, dass manche Dinge mich niemals ereilen würden. Zum Beispiel Wortfindungsstörungen, das Suchen von Kleingeld an der Kasse im Supermarkt, der Blick meiner Kinder, wenn ich zugebe, dass ich etwas akustisch nicht so ganz korrekt wahrgenommen habe ... oder eben das Tragen einer Lesebrille. Das erschien mir immer als das Nonplusultra von Omma sein. Brille am Band. Um den Hals getragen. Um meinen Hals. Schaukelnd auf der Brust. Nix Dekolleté – Brille am Band ist jetzt das Hauptmerkmal dieses Bereichs. Mein Hals schnürt sich eisern zu, wenn ich nur daran denke. Vor meinem inneren Auge erhebt sich unweigerlich ein Bild, ein schlimmes Bild, ein Ommabild von mir. Ich bin am Ende eines langen Weges angekommen und werde wohl mit Brille am Band auf Brüsten ruhend aufgefunden werden. Grausam!

Nun, sagen wir es so – ich habe also ein Stadium meines Lebens erreicht, in dem eine Lesebrille quasi ein unumgängliches Accessoire geworden ist. Aber diese Band-Neurose hat zur Folge, dass meine Brillen freilaufend sind, also nicht an einer Kette hängen – und deswegen ewig verschwunden sind. Und zwar alle gleichzeitig.

Irgendwann bin ich nämlich dazu übergegangen, mir ganz einfach viele von diesen bunten, billigen Sehhilfen zu kaufen und sie an strategisch wichtigen Stellen zu positionieren. Handtasche, Auto, Bett, Küche (am besten gleich zwei), Bücherregal Esszimmer, Bücherregal Wohnzimmer, auf dem TV-Programm und auch im Bad. So ähnlich jedenfalls. Eigentlich sind sie überall – oder sollten es zumindest sein.

Die Brillen sind rot oder violett oder gepunktet mit Strass oder auch durchsichtig schlicht – vor allem aber sind sie immer verschwunden. Ehrlich!

„Mutter", sagt der Sohn, „die sind nicht verschwunden, deine Brillen, die sind verlegt, und zwar von dir. Setz die Brille auf und suche, so wirst du finden". Und dann lacht er sich schlapp. Über mich, seine greise Mutter. Das ist nicht schön. Das sage ich ihm dann auch, er seufzt genervt und murmelt: „Sie versteht keine Ironie".

Nein, tue ich nicht!

Zumal durchaus auch Lesebrillen ganz und für immer verschwinden können. Ich habe einige Modelle niemals wiedergefunden. Das mit dem bunten Blümchen, zum Beispiel, es gab sogar ein passendes Etui dazu. Das ist natürlich noch da. Ich kann es in die Hand nehmen, es ansehen und meine Blümchenbrille vermissen. Die war wirklich hübsch. Das leere Etui lege ich, sentimental wie ich bin, in die Pappschachtel im Kleiderschrank zu den magischen Einzelsocken und der Fernbedienung, die angeblich alle Geräte gleichzeitig schalten kann. Bei mir nicht, mich macht sie nur vollkommen wahnsinnig. Aber das ist eine andere Geschichte ...

„Mama", sagt jetzt die Tochter zum selben Thema, „jetzt hänge die verdammten Dinger doch einfach an ein Band! Wo bitte ist denn der Unterschied?" Sie ist jung, sie versteht das nicht. Es macht einen riesigen, alles entscheidenden Unterschied. Denn wenn ich keine Lesebrille brauche, baumelt sie nicht an mir herum und alle denken, ich sei noch so jung, dass ich keine Unterstützung beim Entziffern von Botschaften brauche.

Ich bleibe im Thema. Denn auch in meinen Tagebüchern habe ich mich schon ewig damit befasst.

Mein Vetter behauptet steif und fest (zum großen Amüsement meines Sohnes), dass ich bereits im zarten Alter von knapp 18 Jahren kritisch meinen Alterungsprozess beobachtet hätte. Na ja, er war auch dabei, als ich aus seinem Auto gefallen bin – während der Fahrt. Eigentlich ist es unglaublich, was ich an Erinnerungen mit mir trage, aber zumindest kann ich in Frieden alt werden, denn irgendwie habe ich beinahe alles mitgenommen, was eben ging. Das finde ich beruhigend, auch wenn das aus einem fahrenden Auto zu fallen jetzt nicht so unbedingt notwendig ist. Es gibt aber auf ewig eine erzählenswerte Geschichte ab.

Jedenfalls fuhr mein lieber Vetter, der heute der innig geliebte Patenonkel meines Sohnes ist, zu jener Zeit einen steinalten VW-Käfer, bahamabeige, keine Sicherheitsgurte. Ich saß auf dem Platz des Beifahrers, einen Strickkorb auf dem Schoß. Meine Cordhose passte farblich zu den Stiefeletten. So war das in den Siebzigern.

Als wir links abbogen, schwang einfach die Beifahrertür auf. Statt gerade sitzen zu bleiben, habe ich mich zur Seite gebeugt, um mir das genauer anzusehen. Und dann saß ich auch schon mitsamt meinem Strickkörbchen, das ich noch immer auf dem Schoß hielt, auf der Straße. Der Vetter hatte fast einen Herzriss. Ich fand es saukomisch. Passiert war mir überhaupt nichts, ich war nur einfach um eine Geschichte reicher.

Der Patenonkelvetter schüttelt noch heute sein weises Haupt und flüstert meinem Sohn Dinge über mich zu, die ich gar nicht hören möchte.

Etwas selbstvergessen beginne ich wieder zu blättern und lande bei einer anderen Freunde-Geschichte. Sie springt mich an, ich erinnere mich an die Frustration, die ich empfand.

VERSTEHST DU MICH?

Ich habe wirklich gute Freunde. Und weiß das zu schätzen. Auch, dass sie ehrlich zu mir sind. Gut, das weiß ich meistens zu schätzen, nicht unbedingt immer. Manchmal will ich auch nur hören, wie unglaublich originell und schön ich bin. Nicht, was für einen Knall ich habe ...

Die beiden wohnen nicht in meiner direkten Nähe, deswegen whatsappen (ich liebe dieses Wort) oder telefonieren wir, um zu kommunizieren. Beinahe täglich, damit man immer auf dem Laufenden ist und zu allem was bemerken kann.

So wie jetzt. Denn es gibt ein neues Foto von mir, das ich für einen bestimmten Zweck bei meiner Arbeit nutzen will. Beide bekommen es. Und beide haben etwas zu sagen. Okay, ja, das ist jetzt nichts Besonderes, denn sie steuern immer und zu allem ihre Meinung bei. Das kenne und brauche ich – behaupten jedenfalls meine lieben Freunde.

Was die Sache aber nun wirklich spannend macht, ist die Tatsache, dass sie mit ihren Worten fast immer dasselbe meinen, aber es in vollkommen andere Worte verpacken.

„Meine Fresse, siehst du gruselig aus auf dem Foto", kommt es umgehend aus dem weiblichen Lager.

„Süße, ich wollte dir die Geschichte von der Entstehung der Fotografie erzählen und dass man nicht alles glauben darf, was man sieht", ist die Mannfreund-Variante, über die er gut nachgedacht hat und die deswegen auch immer erst ein paar Stunden später ankommt. Sagen will auch er mir, dass auf diesem Foto sogar meine Rollator-PuckBrille nicht mehr gestört hätte.

„Du siehst aus wie eine frustrierte alte Krampfhenne", ist sinngleich mit: „Die Darstellungsweisen in der Porträtfotografie sind vielschichtig. Und nicht jede Form sollte man wählen".

Oder „Jesusmariaundjosef, Ullaken, was haste denn dem Fotografen getan? Dich nackt gezeigt?" kann auch so aussehen: „Es kommt natürlich auch immer auf den Blick des Fotografen für einen guten Moment an."

„Was hast du überhaupt Schreckliches da am Mundwinkel? Herpes im Endstadium?" wäre „Soll ich ein bisschen was machen an dem Bild?"

„Wann lässt du dir denn wieder die Haare färben? Zwei Meter Ansatz reichen doch jetzt echt, oder?" steht im Vergleich zu: „Ich kann es dir auch ein bisschen zurechtschneiden." (Also das Foto und somit den Kopf ja irgendwie auch).

Und dann kommt endlich der doppelte Todesstoß in zwei Verpackungen: „Wenn du das nimmst, hast du echt nicht mehr alle Sorten im Besteck". Das Mannfreund Gegenstück „Mach es dunkler, kleiner, nimm den Weichzeichner und geh dann vielleicht auf sepia oder meinetwegen schwarzweiß", tröstet mich dann auch nicht mehr wirklich.

Ich liebe die beiden uneingeschränkt. Meistens ...

Und ich habe das Foto nicht genommen. Was bleibt, ist diese irre Hoffnung, dass es eines Tages, eines schönen, überraschenden Tages ein Foto von mir geben könnte, dass einfach eine tolle Frau zeigt, die richtig gut aussieht. Aber wie sollte das gehen? Wir leben ja nicht im Marvel Comic-Universum. Was schon ein bisschen schade ist, finde ich.

Seufzend erhebe ich mich, jetzt habe ich viele Stunden vor einem Schrank zugebracht und Nabelschau betrieben. Das hat Spaß gemacht, mich zum Lachen gebracht und auch nachdenklich gestimmt. Die Frage ist, welche guten Vorsätze sollte ich jetzt eigentlich fassen, nachdem ich nochmal so klar vor Augen habe, was ich immer schon *falsch* gemacht habe. Gewicht, Jähzorn, Eitelkeit, Faulheit – es will mir scheinen, dass ich die sieben Todsünden in Personalunion bin. Ist das nicht entsetzlich? Mein Alkoholkonsum hält sich mehr als in Grenzen, und ich spiele nicht Poker. Oh ja, ich bin Nichtraucher. Aber das war es dann auch schon auf der Haben-Seite. Ist das bedenklich oder normal?

Eigentlich ist es mir komplett egal, denn ich habe mich ziemlich gut durch die Zeit gebracht. Und was wäre ein Leben, das nicht benutzt wurde, das falten-, fehler-, sorgenfrei und ohne Bedauern ist? Das wäre nicht mein Leben, und ich würde es nicht gelebt haben wollen und will es auch in Zukunft nicht leben.

NACH-WORTE

An dieser Stelle schließe ich vorerst mein Album der Erinnerungen und Geschichten. Vieles habe ich über Jahre hinweg geschrieben und gesammelt, immer mit dem Gedanken „irgendwann einmal" ein Buch zu schreiben. Das ist nun geschehen, und ich bin aufgeregt wie schon seit ewigen Zeiten nicht mehr!

Ich möchte hier und jetzt von ganzem Herzen meinen Kindern danken. Wie nun jeder weiß, bereichern sie mein Leben auf unglaubliche Weise. Wäre es nicht zu „mama", würde ich die beiden seitenlang voller Stolz lobpreisen. Aber sie wissen, was sie mir bedeuten und auch, dass uns drei ein ganz besonderes Band verbindet, das auch durch unser privates Schicksal geknüpft wurde.

Meinen Freundinnen, die in diesem Buch auftauchen, habe ich andere Namen gegeben. Ich dachte mir, wenn dieses Buch ein Wahnsinnserfolg wird, müssen sie ständig Autogramme geben und auf den Straßen Selfies mit Fremden machen – das ist lästig. Und wenn das Buch ein Flop wird, müssen sie den Spott

ertragen – das ist auch lästig. So kann jede für sich entscheiden, ob sie sich outen möchte.

Nur Steffi durfte ihren Namen behalten. Meine liebe Steffi
Atze, die mit ihren Ideen und ihren Fotos die Seiten dieses
Buches um vieles reicher gemacht hat. Bunter nicht, die Bilder
sind ja schwarzweiß. Danke, Steffilein, für die letzten Monate.
Ohne dich und den Urmel hätten sie weniger Spaß gemacht!
Deutlich weniger!

Besonders erwähnen möchte ich meine Freundin und Lektorin
Ruth Kumpernatz. Sie hat mich nicht nur gedrängt, endlich
„loszulegen", sie hat mich geduldig über viele Hürden geleitet,
hat mich sanft kritisiert und mir damit die Augen für viele
Kleinigkeiten beim Schreiben geöffnet. Vielen herzlichen Dank,
liebe Ruth! Und, das macht dir hoffentlich keine Angst: Bis zum
nächsten Mal!